코끼리 공장의
해피엔드

ZO KOJO NO HAPPY END / RANGERUHANSUTO NO GOGO
by Haruki Murakami

코끼리 공장의 해피엔드

무라카미 하루키 지음 | 안자이 미즈마루 그림
김난주 옮김

무라카미 하루키
╲
에세이 걸작선

문학동네

일러두기

1. 이 책은 『코끼리 공장의 해피엔드』(1983)와 『랑게르한스섬의 오후』(1986)를 한 권으로 묶은 것입니다.
2. 주석은 모두 옮긴이주입니다.
3. 본문 중 방점은 원서의 표시에 따른 것입니다.

차례

○ 코끼리 공장의 해피엔드

○ 랑게르한스섬의 오후

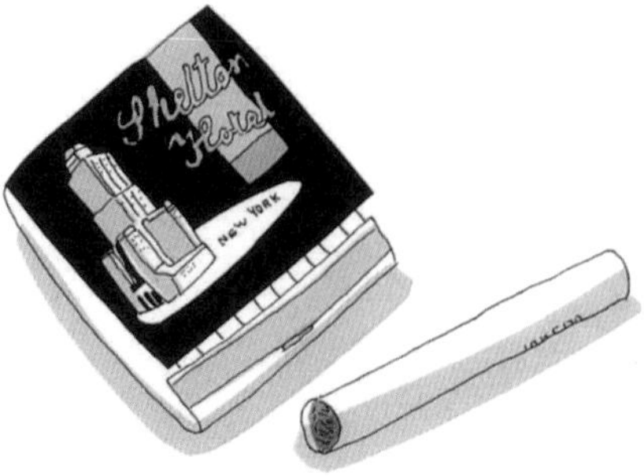
NEW YORK

ㅇ

코끼리 공장의 해피엔드

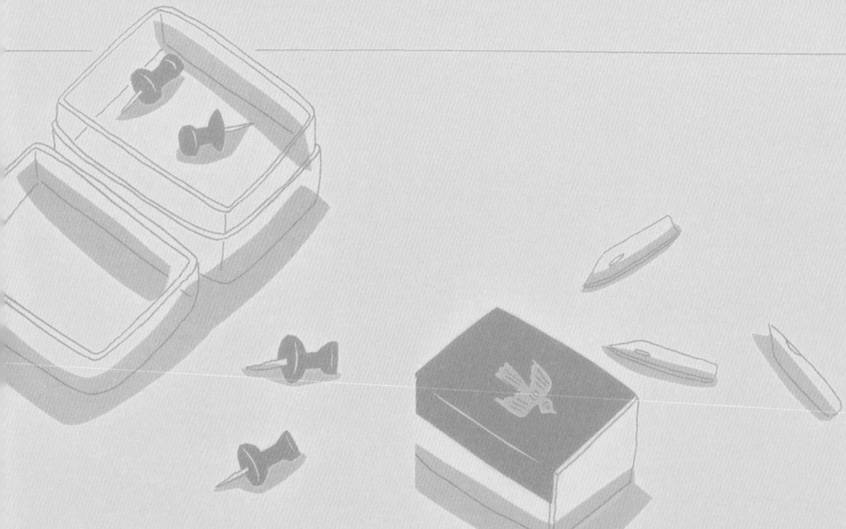

CHICAGO

AWK

PROOF

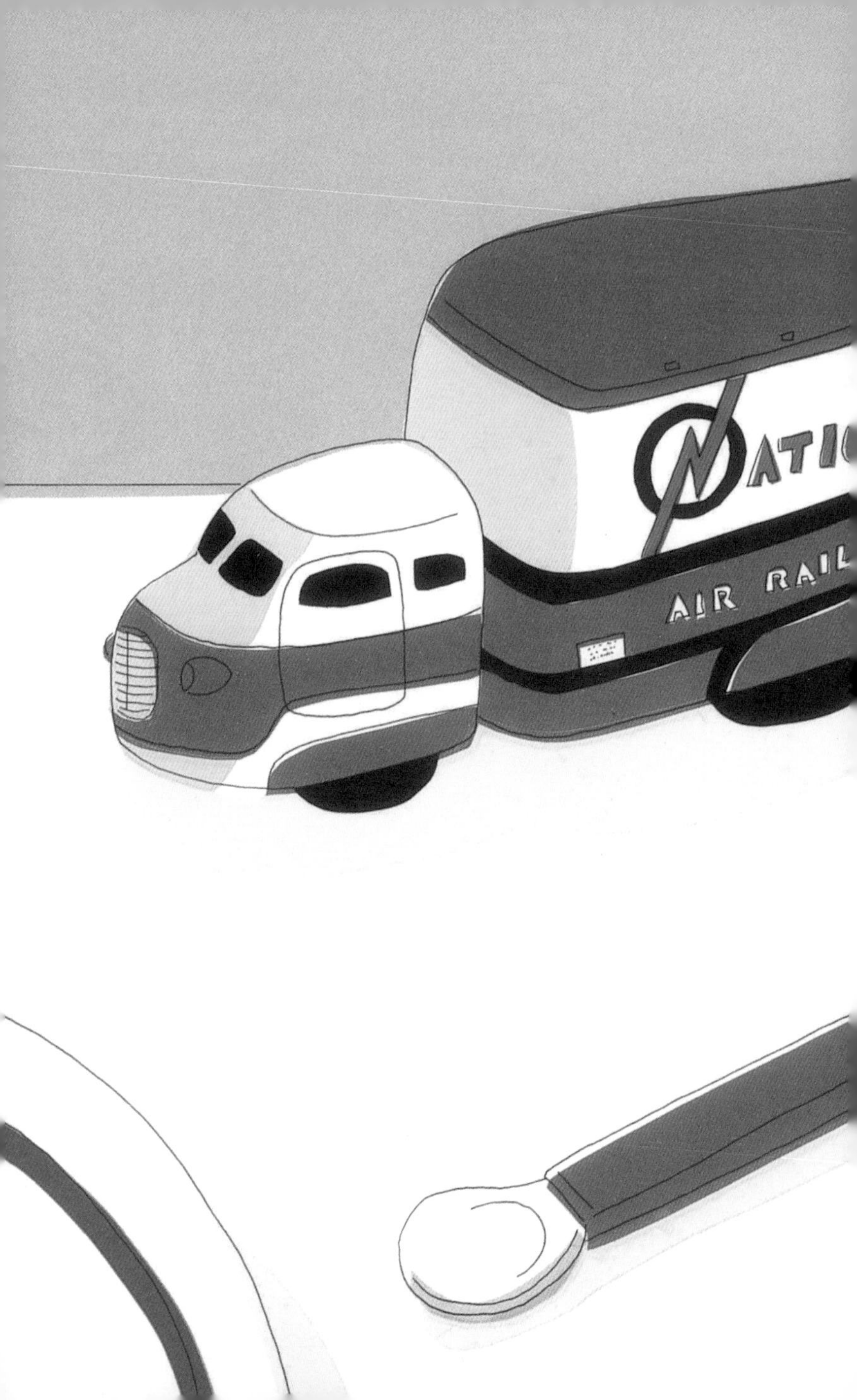
ATIO
AIR RAIL

커티삭 자신을 위한 광고

커티삭
커티삭 하고
입속으로 몇 번이고 읊조리노라면
어느 순간부터 그것이
커티삭이 아닌 듯한
기분이 들 때가 있다
그것은 이미 초록색 병에 든

영국산 위스키가 아니라
실체를 잃어버린
마치 꿈의 꼬리 같은 모양의,
커티삭이라는 원래
말의 울림에 지나지 않는다
그저 그런 말의 울림 속에 얼음을 넣어 마시면
맛있다고요

Distilled and Bottled in
CUTTY SAR
SCOTS WHISKY

NY
KING
EDWARD
CIGARS

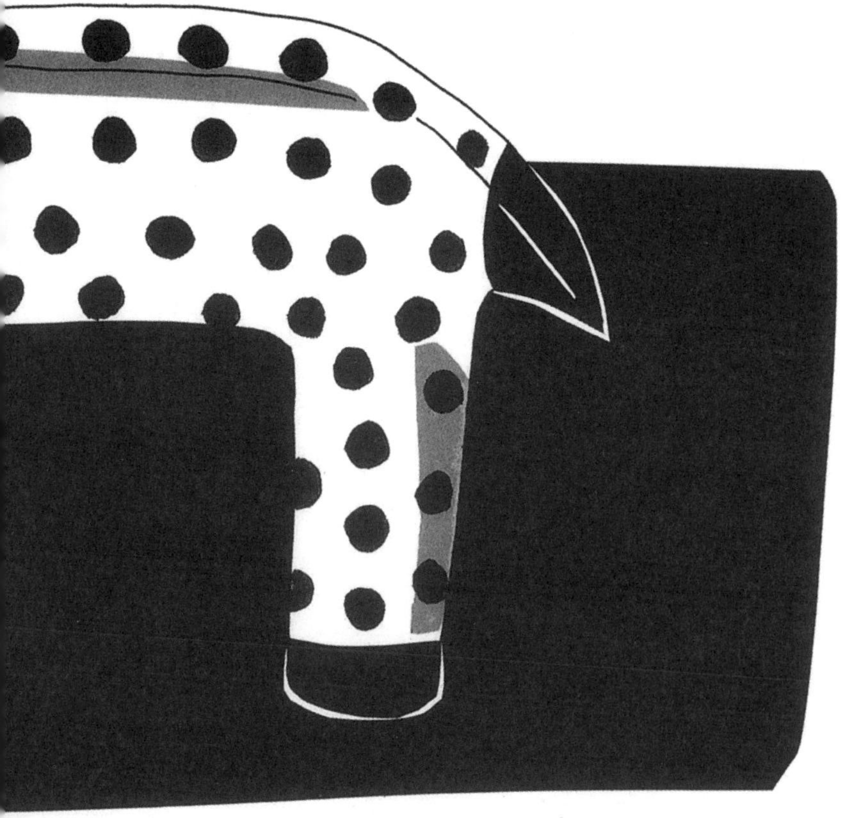

크리스마스

태어나서 처음으로 스테레오 오디오를 선물받았을 때, 빙 크로즈비의 크리스마스캐럴 레코드가 함께 딸려 왔다. 그런 걸 보면 크리스마스 즈음의 계절이었나보다. 여름에 산 오디오에 빙 크로즈비의 크리스마스 레코드가 딸려 올 리 없으니 말이죠.

레코드는 네 곡이 수록된 콤팩트 판으로 〈화이트 크리스마스〉와 〈징글벨〉 〈아베마리아〉 〈고요한 밤 거룩한 밤〉이 들어 있었다. 이 정도만 있으면 꽤 멋진 크리스마스를 보낼 수 있다.

하기야 벌써 이십몇 년이나 지난 옛날이니까. 크리스마스캐럴이라봐야 네 곡만 있으면 충분했다. 그것도 빙 크로즈비가 부르는걸요, 더 바랄 게 없습니다.

1960년 12월, 우리는 아주 심플하고, 아주 행복하고, 아주 중산계급다웠다. 그리고 빙 크로즈비는 몇 번이고, 몇 번이고, 몇 번이고, 몇 번이고, 몇 번이고, 몇 번이고, 몇 번이고 〈화이트 크리스마스〉를 불렀다.

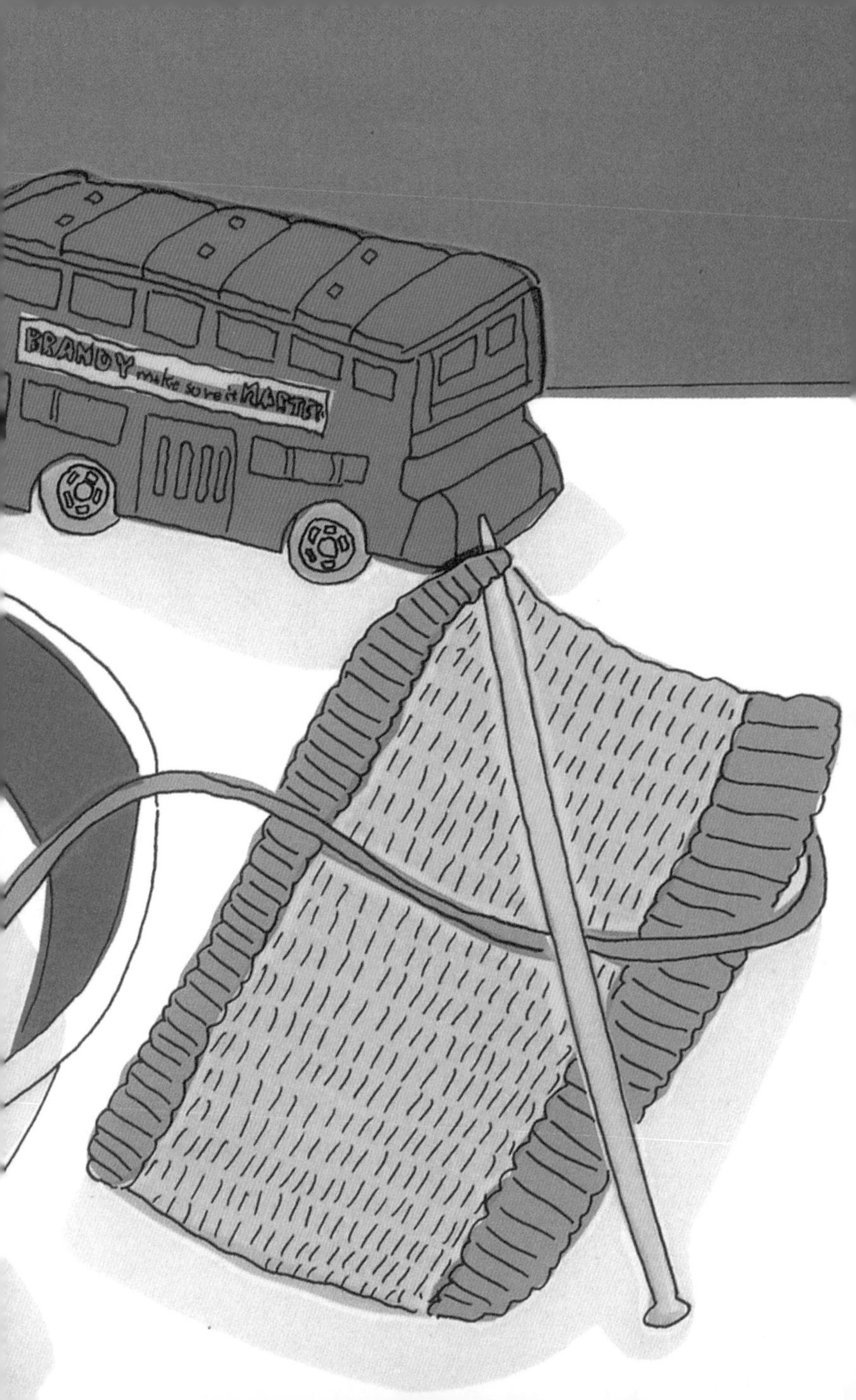
BRANDY make sure it

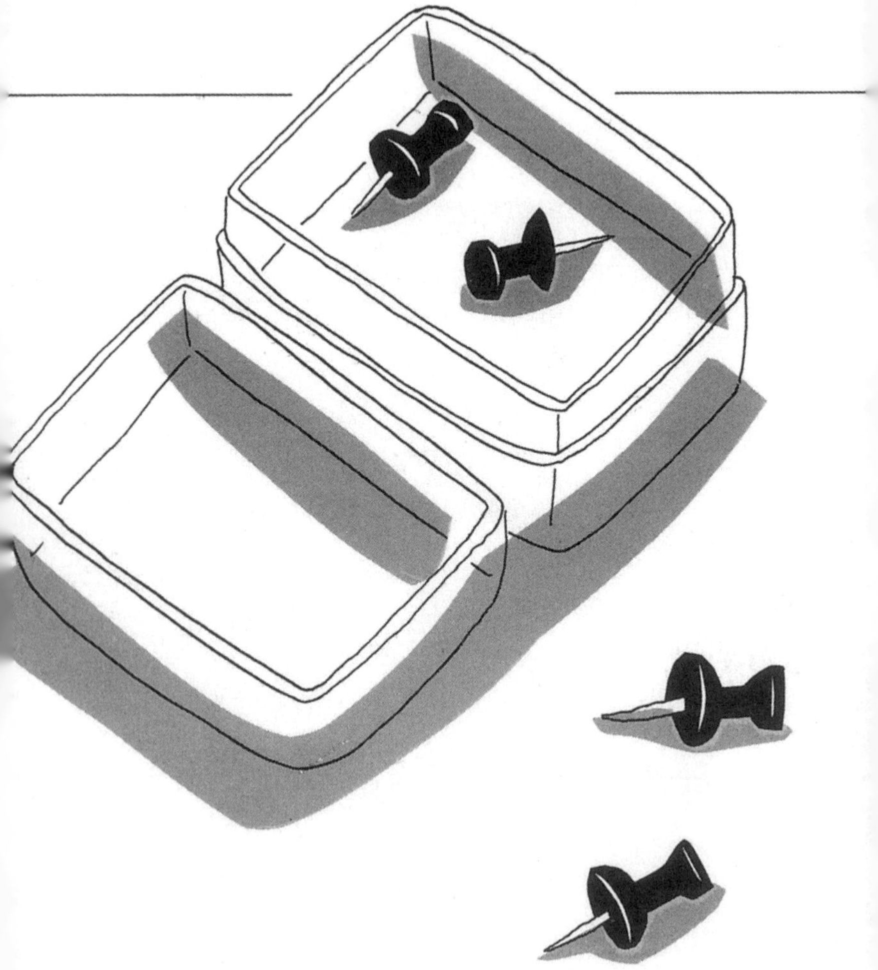

NEW
14
1983

THE P

A REGISTERED
TERMAN'S
AWARD

커피를 마시는 어떤 방법에 대하여

그날 오후에는 윈턴 켈리의 피아노곡이 흘렀다. 웨이트리스가 하얀 커피 잔을 내 앞에 내려놓았다. 그 두툼하고 묵직한 잔이 테이블에 놓일 때 톡 하고 듣기 좋은 소리가 났다. 마치 수영장 밑바닥에 떨어진 자그마한 돌멩이가 내는 소리처럼 그 여운은 내 귀에 오래도록 남았다. 나는 열여섯 살이었고, 밖에는 비가 내렸다.

그곳은 항구를 끼고 있는 아담한 소도시였고, 남쪽에서 불어오는 바람에서는 늘 바다 냄새가 풍겼다. 하루에 몇 번인가 유람선이 항구를 돌았고 나는 수도 없이 그 배를 타고 대형 여객선과 부두의 풍경을 하염없이 바라보곤 했다. 비가 오는 날에도 우리는 비에 흠뻑 젖어가며 갑판 위에 서 있었다. 항구 근처에 카운터 자리 외에는 테이블이 딱 하나뿐인 조촐한 커피집이 있고, 그곳 천장에 달린 스피커에서는 재즈가 흘러나왔다. 눈을 감으면 깜깜한 방에 갇힌 어린아이 같은 기분이 찾아왔다. 거기엔 언제나 커피 잔의 친숙한 온기가 있었고, 소녀들의 보드라운 향내가 있었다.

정말로 내 마음에 든 것은 커피의 맛보다는 커피가 있는 풍경이었는지도 모르겠다. 지금은 그렇게 생각한다. 내 앞에는 저 사춘기 특유의 반짝반짝 빛나는 거울이 있고, 거기에는 커피를 마시는 내 모습이 또렷하게 비쳤다. 그리고 등뒤에는 네모난 틀 속 조그만 풍경이 있었다. 커피는 어둠처럼 검고, 재즈의 선율처럼 따뜻했다. 내가 그 조그만 세계를 음미할 때, 풍경이 나를 축복했다.

그것은 아담한 소도시에서 한 소년이 어른으로 성장하는 데 필요한 은밀한 기념사진이기도 하다. 자, 잔을 가볍게 오른손에 쥐고, 턱을 당기고, 자연스럽게 웃어요…… 좋았어, 찰칵.

때로 인생이란 커피 한 잔이 안겨주는 따스함의 문제, 라고 리처드 브로티건은 어느 작품에 썼다. 커피를 다룬 글 중에서 나는 이 문장이 제일 마음에 든다.

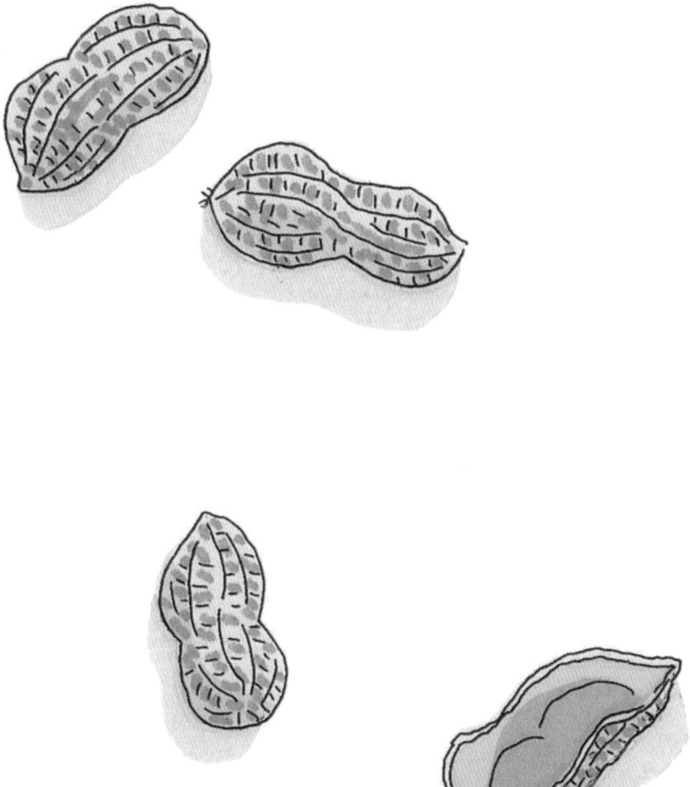

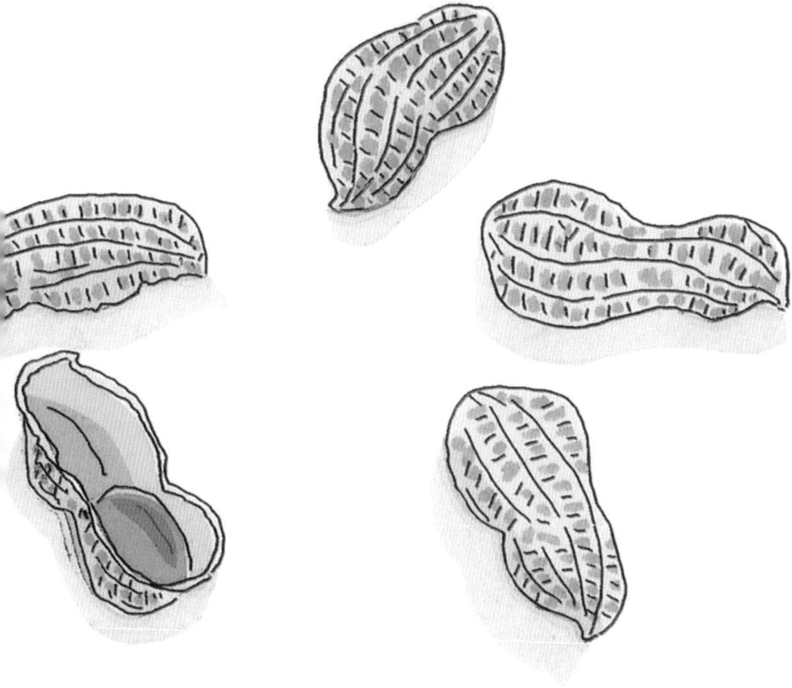

THRE MONTHS AGO DADDY RECEIVED A CARD SIGNED THE HIS SECRET
THEY PROBABLY HAVR YOUR THIS LOOKS
IF I JAST INC MY SPED
AND ONCE AGAIN THE FLASH IS ON HIS WAY WITH THE SPPED OF
THAT WIND
WAHAA- THAT WIND
THRE THE CAR NOW
FOES!

BANG
I CAN SEE
LIMITED COLLECTORS' EDITION
JOHNY SCORN
FLATTOR

DRINK

존 업다이크를 읽기에 가장 좋은 장소

봄이 오면 존 업다이크가 떠오른다. 존 업다이크를 읽으면 1968년 봄이 떠오른다. 우리 머릿속에는 그런 연쇄고리가 몇몇 존재한다. 아주 사소한 것이지만 우리네 삶과 세계관은 그렇게 '아주 사소한 것'들로 유지되고 있지 않은가, 하는 생각이 든다.

내가 대학에 입학하기 위해 도쿄로 올라온 것은 1968년 봄이었다. 커다란 짐보따리를 들고 다니기가 싫어서 필요한 것들을 먼저 부치고, 코트 주머니에 담배와 라이터와 존 업다이크의 『음악학교』만 쑤셔넣고 집을 나섰다. 밴텀인지 델 출판사의 보급판으로, 깔끔하고 옛날식의 멋진 표지였다. 여자친구와 밥을 먹고 작별 인사를 하고 신칸센을 탔다.

겨우 업다이크의 책 한 권만 주머니에 쑤셔넣고 도쿄로 올라

오다니 지금 생각하면 좀 같잖은 일이지만 그것은 뭐 아무래도 상관없다. 오후 늦게 도쿄에 도착해서 앞으로 살게 될 메지로에 있는 집에 가보니, 어떻게 된 일인지 벌써 도착해 있어야 할 짐이 아직 도착하지 않은 상태였다. 갈아입을 옷도 없거니와 세면도구와 재떨이도, 이부자리도, 커피 잔도, 주전자도 없다. 비참한 일이다.

방은 휑했다. 서랍이 딱 하나 달린 기가 찰 만큼 심플한 책상과 끔찍하리만큼 심플한 철제 침대가 있을 뿐이었다. 침대에는 한숨이 절로 나올 것 같은 매트리스가 얹혀 있었다. 앉아보니 일주일 전에 산 바게트 빵처럼 딱딱했다.

구름 낀 희뿌연 봄날의 조용한 저녁나절이었다. 창문을 열자 멀리서 라디오 소리가 들려왔다. 아이언 버터플라이의 〈In A Gadda Da Vida〉였다. 십사 년이나 지난 옛날 일인데도, 소소한 것들을 선명하게 기억하고 있다.

당장 할 일도 없고, 무슨 일을 할 기분도 나지 않았다. 할 수 없이 근처 구멍가게에 가서 코카콜라(물론 병이죠. 병을 상상해주세요)와 비스킷을 사다놓고, 딱딱한 매트리스 위에 벌렁 누워 읽다 만 업다이크를 마저 읽었다. 조금씩 해가 저물어 방이 어두워졌고, 나는 천장에 있는 형광등을 켰다. 한쪽 형광등에서 지직지직 소리가 났다.

업다이크를 다 읽은 여덟시 반쯤, 코카콜라 병 바닥에는 담배꽁초가 5센티미터 정도 쌓여 있었다. 나는 책을 머리맡에 두고 한 시간이나 천장을 바라보았다. 나는 그 거대한 도시에 이불도, 면도기도, 전화를 걸 만한 상대도, 외출할 만한 장소도 없이, 홀로 외로이 방치되어 있었다. 그러나 그리 우울한 기분은 아니었다.

만약 누가 책을 읽는 데 가장 적합한 장소가 어디냐고 묻는다면, 나는 '1968년 4월 그 휑한 방에 있던 딱딱한 매트리스 위'라고 대답할 수밖에 없다. 작품의 한 줄 한 줄이 마음에 잔잔하게 스며드는 장소 — 그런 곳이 내게는 곧 '서재'다. 임스의 라운지체어와 모빌리아의 스탠드와 AR 스피커에서 조용하게 흘러나오는 텔레만도 나쁘지는 않다. 그러나 '그것들은 그것들'일 뿐이다. 존 업다이크를 읽기 위해서는 존 업다이크를 읽기 위한, 존 치버를 읽기 위해서는 존 치버를 읽기 위한 가장 좋은 장소가 어딘가에 있으리란 기분이 든다.

그는 하버드로 출발하기 이틀 전에 그녀의 처녀성을 빼앗았다. 그녀는 울었다. 그도 왠지 힘이 쭉 빠지고 바보가 된 듯한 기분이 들었다. 그도 동정을 잃었던 것이다. 오슨은 정신이 말짱했다. 그렇기에 자신에게는 배워야 할 것이 많다는 걸 알고 있었고, 일정 한도 내에서는 기꺼이 배우겠다고 생각했다. 하버드대학은 그 같은 청년을 몇 천 명이나 가공처리하고, 눈에 보이는 흠집은 거의 내지 않은 채 세상으로 내보낸다.

존 업다이크, 「기독교인 룸메이트」 중에서(『음악학교』)

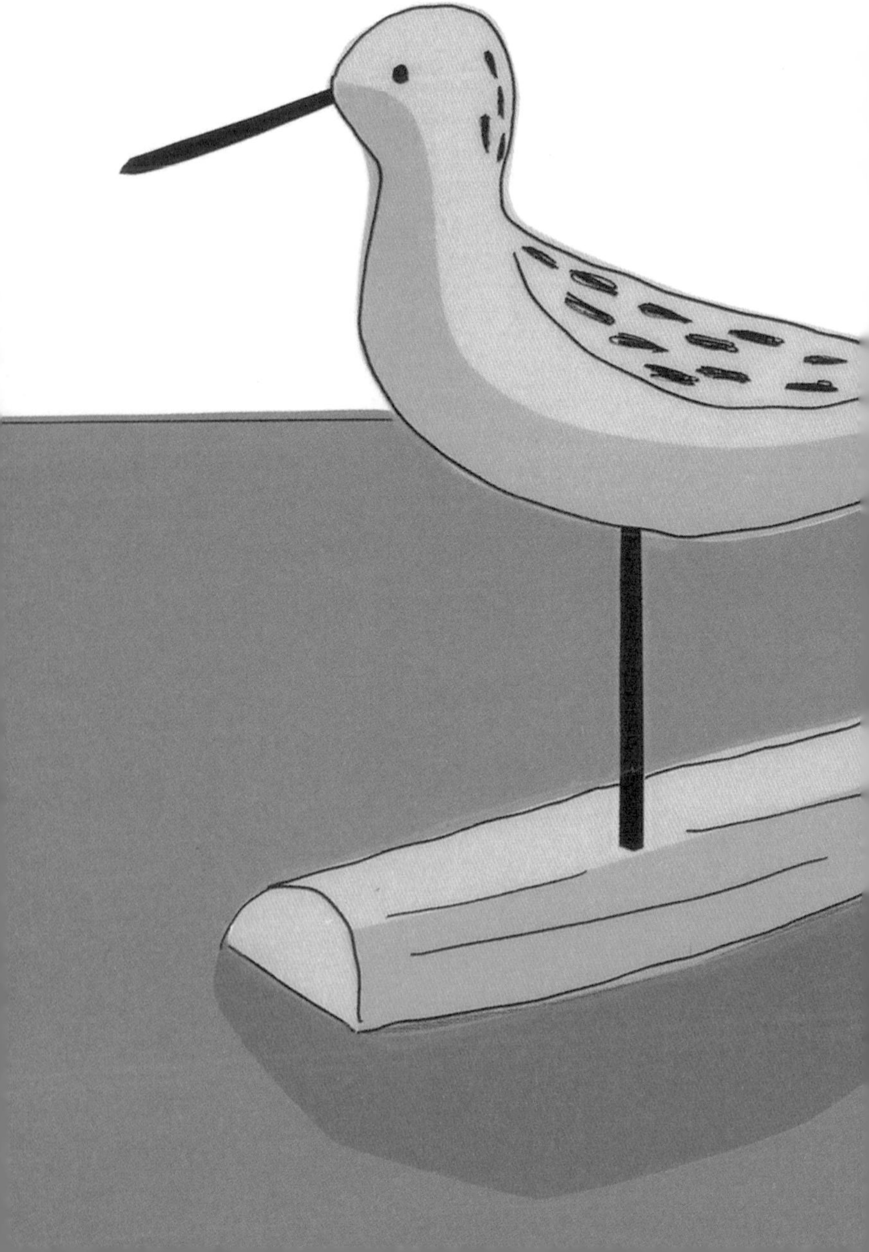

FUN, FUN, FUN

도서관에 간다고 아버지께 말하고

자동차를 빌려서는 그대로 안녕

그녀는 부푼 가슴으로

햄버거 스탠드 앞을 질주한다

라디오 볼륨을 올리고

최대 속도로 드라이브

한껏 즐기리

아버지에게 T버드를 빼앗길 때까지는

이것은 비치 보이스의 1964년 히트곡 〈Fun, Fun, Fun〉의 가사다. 비치 보이스의 수많은 히트곡 중 내가 가장 좋아하는 곡이다. 리듬도 멜로디도 참 행복하고, 가사도 무척 좋다. 가사만 듣고 있어도 눈앞에 그 풍경이 아른아른 떠오른다. 1964년형 빨간색 유선형 선더버드를 탄 포니테일 여자아이. 도서관에 간다고 거짓말하고는 아버지의 차를 빌려, 의기양양한 표정으로 모두에게 자랑하러 간다. 여자애들은 모두 얼이 빠져 그녀를 본다. 남자애들은 잽싸게 자기 차에 올라타 자동차 경주를 시작한다. 그러나 아무도 선더버드를 못 당해낸다. 그러다가 끝내 아버지한테 들켜 차를 빼앗기고 만다. 그래서 그녀는 풀이 폭 죽는다. 하지만 '나'에게는 그쪽이 훨씬 행운이다. 즉, 이런 이유 때문이다.

이제 즐기기는 다 틀렸다고

너는 생각하고 있을 테지

나와 함께 가자

T버드가 없어도

우리는 마음껏 즐길 수 있으니까

1964년 T버드에 타고 있던 여자애는 이미 삼십대 중반을 넘었을 것이다. 그녀는 지금쯤 무엇을 하고 있을까? 제인 폰다가 운영하는 헬스클럽에 다니고 있을지도 모르겠다. 〈E.T.〉에 등장하는 것과 같은 신흥주택가에 살면서 배리 매닐로의 노래를 듣고 있을지도 모르겠다. 나는 지금도 가끔 당신과 그 빨간색 T버드를 떠올린답니다.

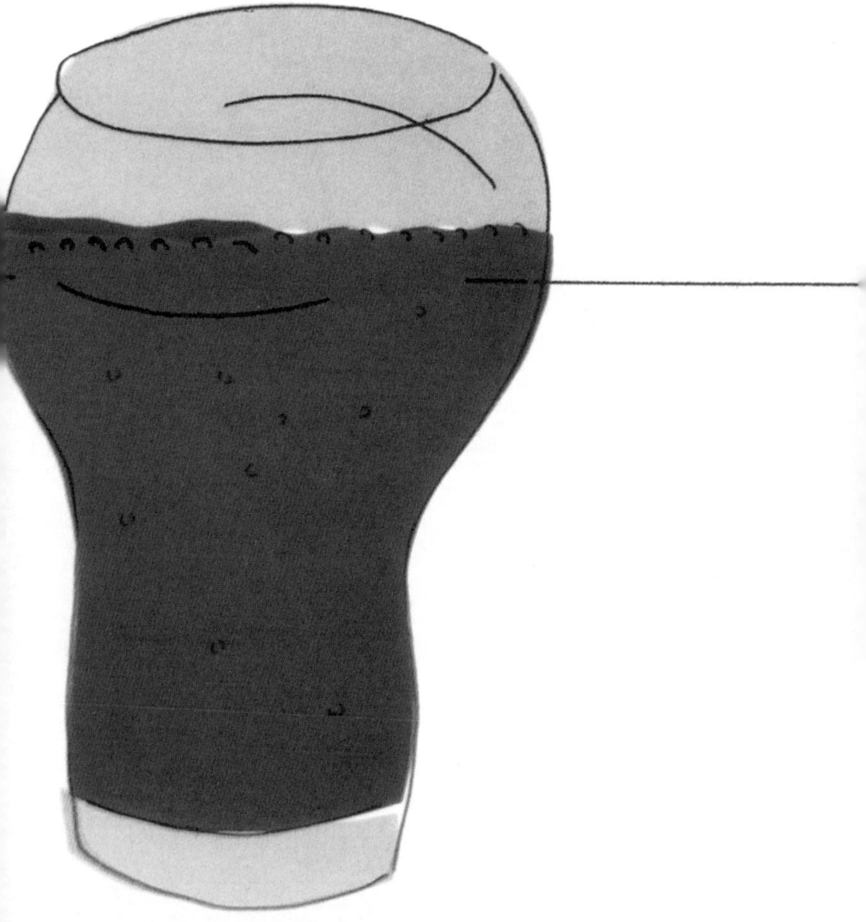

PARKER
Quink
ROYAL BLUE WASHABLE
PARKER

만년필

만년필 가게는 큰길에서 두 골목 안쪽으로 들어간, 허름한 상점가의 한가운데쯤에 있었다. 출입구는 유리문 두 짝, 간판이 나붙은 것도 아니고 그저 문패 옆에 조그맣게 '만년필 맞춤'이라고 쓰여 있을 뿐이다. 유리문은 아귀가 잘 맞지 않아 열었다가 반듯하게 닫기까지 일주일은 걸리겠다 싶을 정도였다.

물론 소개장이 있어야 한다. 시간도 걸리고, 돈도 든다. "그래도 말이야, 꿈처럼 맘에 쏙 드는 만년필을 만들어줘" 하고 친구는 말했다. 그래서 찾아왔다.

주인은 예순 살 정도, 깊은 숲속에 사는 거대한 새 같은 풍채다.

"손을 내놔봐요." 그 새가 말했다.

그는 내 손가락 하나하나의 길이와 굵기를 재고, 피부의 기름기를 확인하고, 바늘 끝으로 손톱이 얼마나 딱딱한지도 가늠해 보았다. 그러고는 내 손에 남은 갖가지 흉터를 공책에 메모했다. 그러고 보니 내 손에는 갖가지 흉터가 얽혀 있다.

"옷을 벗으시죠." 그는 짤막하게 말한다.

나는 도통 영문을 모르고 셔츠를 벗는다. 바지를 벗으려는 찰나, 주인이 얼른 만류한다. 아니, 윗도리만 벗으면 돼요.

그는 내 등뒤로 돌아가 척추뼈를 위에서부터 차례차례 손가락으로 누른다. "인간이란 말이에요, 척추뼈 하나하나로 사물을 생각하고, 글자를 쓰는 법이에요." 그는 말한다. "그래서 나는 그 사람의 척추뼈에 딱 맞는 만년필만 만드는 겁니다."

그리고 그는 내 나이를 묻고, 고향을 묻고, 월급이 얼마인지 묻는다. 그러고는 마지막으로, 이 만년필로 대체 무얼 쓸 작정이죠, 하고 묻는다.

석 달 후, 만년필이 완성되어 내게로 왔다. 꿈처럼 몸에 착 감겨드는 만년필이었다. 그러나 물론 그 만년필로 꿈같은 문장을 술술 쓸 수 있다는 얘기는 아니다.

꿈처럼 몸에 감겨드는 문장을 파는 가게에서는, 내가 바지를 벗는다 한들 이미 늦을지도 모른다.

MAIL

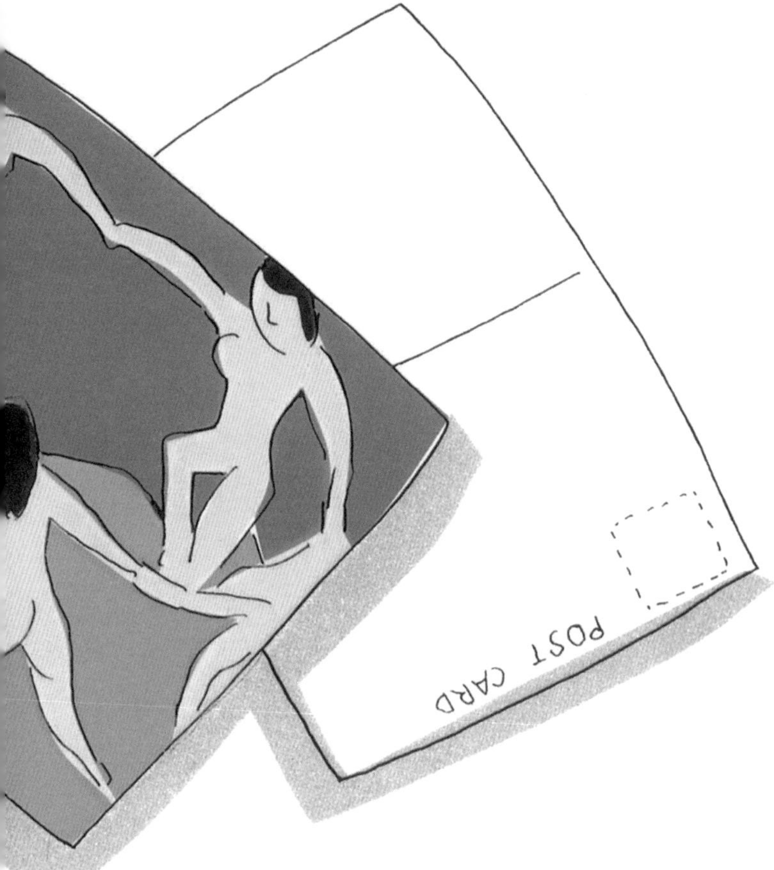
POST CARD

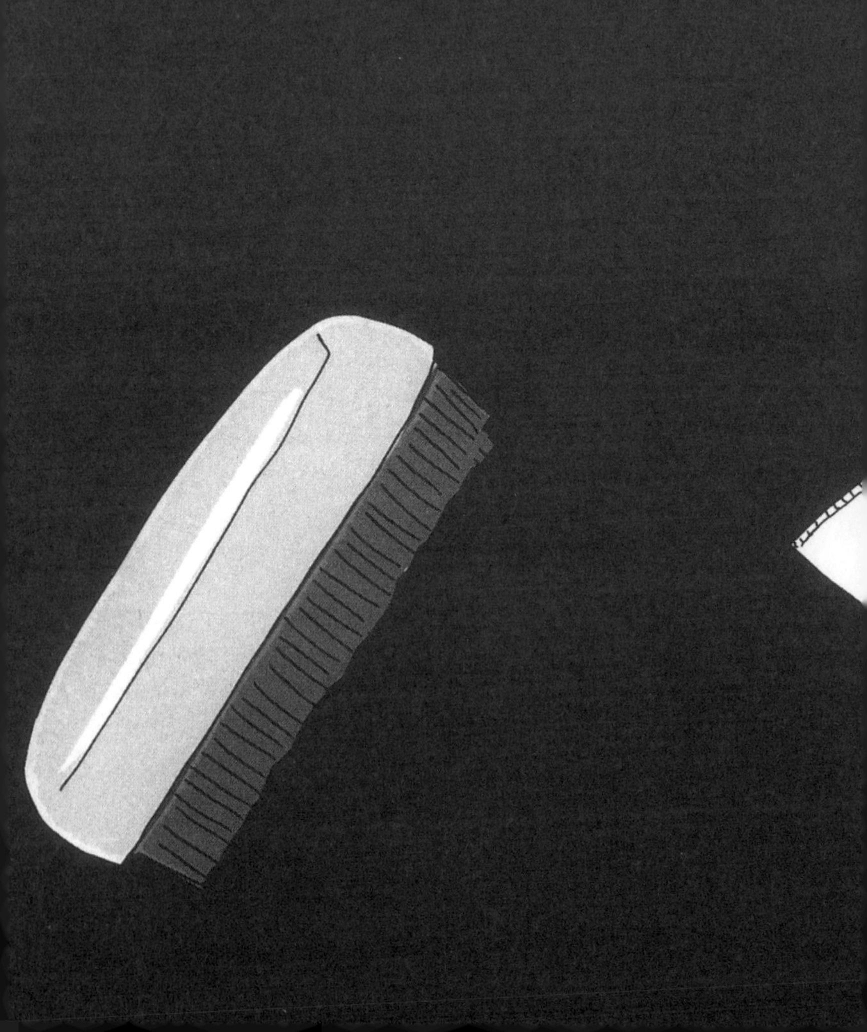

KIWI
BLACK

스파게티 공장의 비밀

그들은 나의 서재를 스파게티 공장이라 부른다. '그들'이란 양 사나이와 예쁜 쌍둥이 소녀다. 스파게티 공장이란 말에 대단한 의미는 없다. 끓는 물의 온도를 조절하거나, 소금을 뿌리거나, 타이머를 작동시키거나, 그런 정도다.

내가 원고를 쓰고 있는데 양 사나이가 두 귀를 팔락거리며 다가온다.

"있잖아, 우린 아무래도 그 문장이 마음에 안 들어."

"그래?" 나는 말한다.

"어쩐지 주제넘은 것 같고, 유익한 게 없잖아."

"흐음." 나는 말한다. 나로서는 꽤나 고생해서 쓴 문장이다.

"소금을 좀 많이 뿌린 거지." 쌍둥이 중 208이 말한다.

"새로 만들자." 209가 말한다.

"우리도 거들게." 양 사나이가 말한다.

아니, 됐어. 양 사나이가 도와주면 모든 것이 뒤죽박죽되고 만다.

"넌 맥주를 가져오고." 나는 208에게 말한다. 그리고 209에게는 이렇게 말한다. "넌 연필을 세 자루 깎아둬."

209가 과일칼로 깔짝깔짝 연필을 깎는 동안 나는 맥주를 마신다. 양 사나이는 말린 누에콩을 우물거리고 있다.

끝이 뾰족한 연필 세 자루가 가지런히 놓이자 나는 짝 하고 손뼉을 쳐 셋 모두를 서재에서 내쫓는다. 일이다, 일.

내가 원고를 쓰는 사이 그들은 정원에서 손을 맞잡고 노래를 부른다. 이런 노래다.

> 우리의 고향은 알 덴테
> 너무 이르지도 너무 늦지도 않은
> 그 이름도 듀럼 세몰리나의
> 찬란한 황금빛 밀

봄의 햇살이 그들 머리 위로 쏟아지고 있다. 뭐랄까, 멋진 풍경이다.

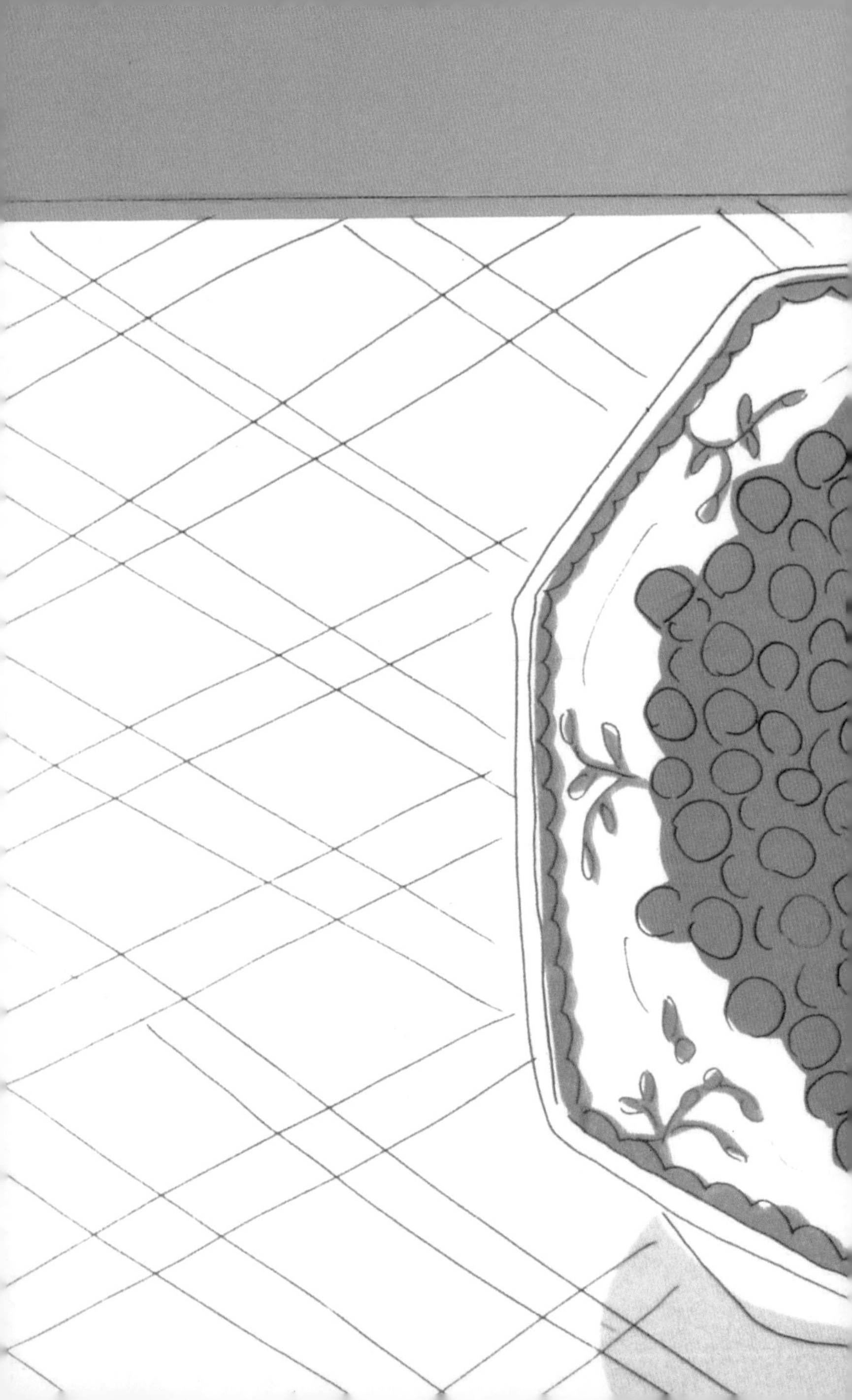

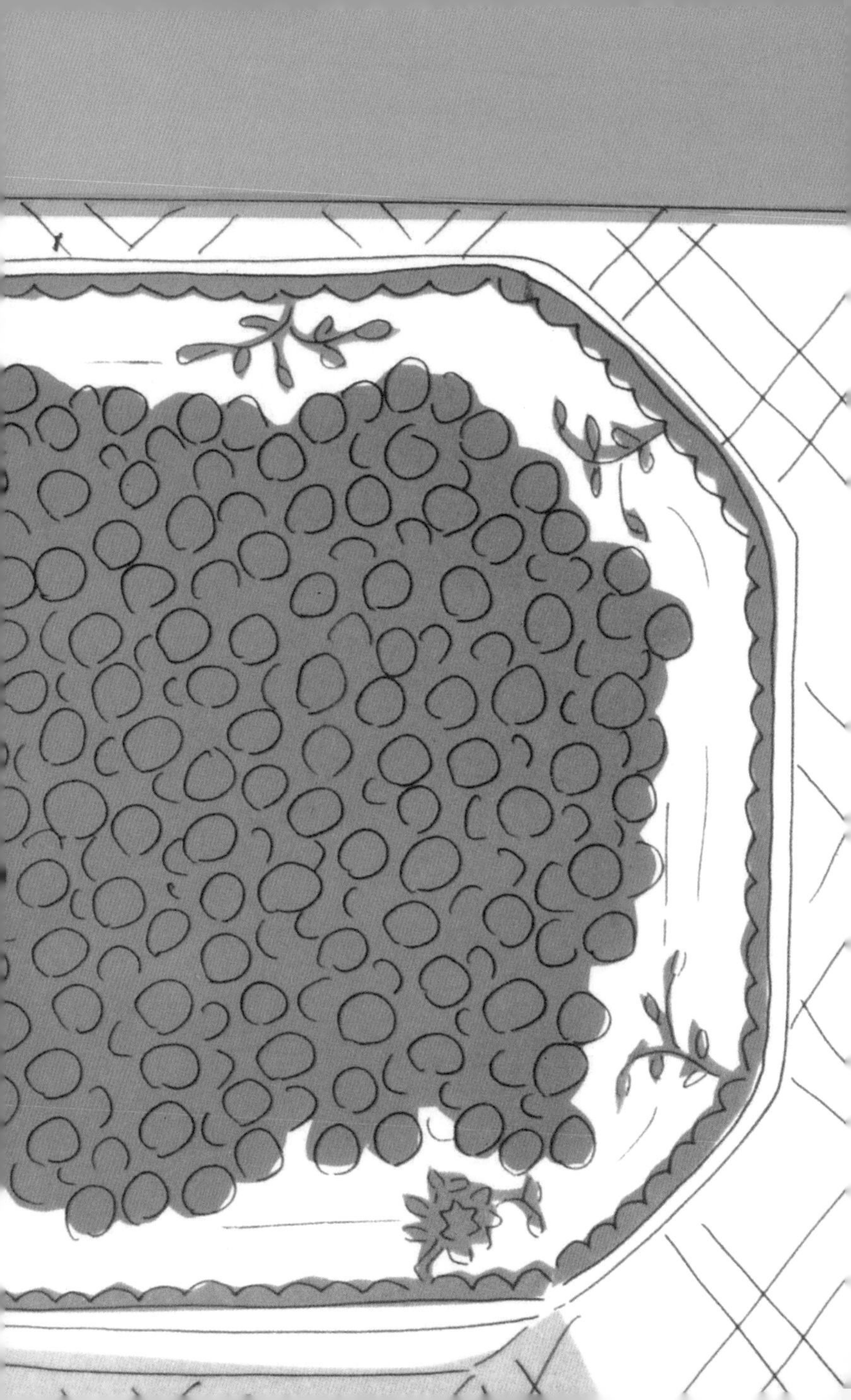

VOICE
A 10-POINT PLAN FOR REBUILDING THE YANKEES (P25)
Singing fo
Aparthe
American Arti
in South Afr

마이 네임 이즈 아처

로스 맥도널드가 죽었다.

로스 맥도널드의 죽음으로 하나의 흐름이 끝났다, 고 나는 생각한다. 그렇게 인정받으며 죽어갈 수 있음은 작가에게 하나의 훈장일지도 모르겠다. 혹은 그 반대일지도.

솔직히 말해서 로스 맥도널드 만년의 작품은 일본에서 그리 높은 평가를 받지 못했다. 『지하인간』을 발표하던 때가 절정이고, 그후에 나온 몇 작품들에는 '어째 모두 엇비슷하지 않은가'란 의견을 표명하는 이가 많았다. 소설적 장치는 늘 음습하고 소박하고, 대개가 오이디푸스 콤플렉스와 관련된 얘기인데다, 루 아처 탐정은 나이를 먹을수록 점점 추레한 늙은이가 되어가고, 화려한 액션도 없고, 유머 수준도 챈들러 같은 작가에 비하면 심심하다는 느낌이 든다. 그런 까닭에 모든 사람의 시선은 로스 맥도널드보다 훨씬 젊고 팔팔한 네오 하드보일드 작가에게로 향하고 말았다. 그리고 레이먼드 챈들러라는 선배 작가의 존재가 너무도 압도적이었던 것도 있다.

나는 루 아처가 주인공인 로스 맥도널드의 일련의 작품들을 몽땅, 꼬리 끄트머리까지 좋아한다. 로스 맥도널드의 소설이 지닌 미덕은 그 부끄러워하는 듯한 소심함과 성실함에 있다. 물론 그 안에는 결점도 있다. 그러나 그런 모든 것을 다 뭉뚱그려서, 나는 로스 맥도널드의 소설을 좋아하는 것이다.

내가 태어나서 처음 산 영어 페이퍼백 중 한 권이 바로 이 로스 맥도널드의 『My Name is Archer』라는 단편집이었다. 꽤 오래전 일이다. 나는 그때 열일곱 살쯤이었고, 호러스 실버의 음반을 아주 좋아했다. 그래서 호러스 실버의 음반을 들으며 『My Name is Archer』를 열심히 읽었다.

잭 스마이트가 감독을 맡은 불후의 명작 〈움직이는 표적〉*이 개봉한 것도 그 무렵이었다. 당시 나는 이 영화를 세 번, 네 번이나 보았다. 루 아처 역은 폴 뉴먼이 연기했다. 하기는 영화에서

* 영화 〈HARPER〉의 일본 개봉명. 국내에는 〈명탐정 하퍼〉라는 제목으로 개봉되었다.

는 루 하퍼란 이름으로 바뀌었지만. 왜 아처가 아니라 하퍼냐면 〈허슬러〉 〈허드〉로 평판이 난 폴 뉴먼이 이왕이면 같은 'H-' 시리즈로 가길 바랐기 때문이다. 그런 연유로 이 워너 브러더스사의 영화 제목은 〈HARPER〉가 되었다. 꾸며내기도 유분수라고 하면 그렇다고도 할 수 있지만, 어찌되었든 그 무렵 폴 뉴먼의 연기는 정말 일품이었다.

이 〈움직이는 표적〉의 원작도 초기의 로스 맥도널드다운 짜릿함이 있는 수작이지만, 나는 중기의 『줄무늬 영구차』와 『갤턴 사건』 같은 작품을 상당히 좋아한다. 책장 어디를 들추어도 억제된 필치로 뭇 사람들의 애달픈 인생살이가 절절하게 그려져 있다. 등장인물은 모두 어두운색 모자를 뒤집어쓴 분위기를 풍기며 각자 불행으로 이르는 길을 하염없이 걷는다. 어느 누구도 행복해지지 않는다. 하지만 로스 맥도널드는, 그래도 사람은 계속 걸어가고 있고 또 그래야 한다고 줄곧 외치는 것처럼 보인다.

'캘리포니아에는 사계절의 변화가 없다고들 하는데 실은 그렇지 않다'고 그는 어느 소설에 썼다. '주의력이 부족한 인간이 그 변화를 느끼지 못할 뿐'이라고.

로스 맥도널드의 죽음을 마음 깊이 애도한다.

BRANDY
make sure it's
MARTELL

LIFE

JANUARY 17, 1944
10 CENT

regular
DUTCH BLEND
SAIL
PIPE TOBACCO
EXTRA MILD CAVENDISH
SWEET AS A NUT
THEODORUS NIEMEYER LTD
HOLLAND
NET WEIGHT 7OZ.

POWELL & MANSON Sts
MUNICIPAL RAILWAY

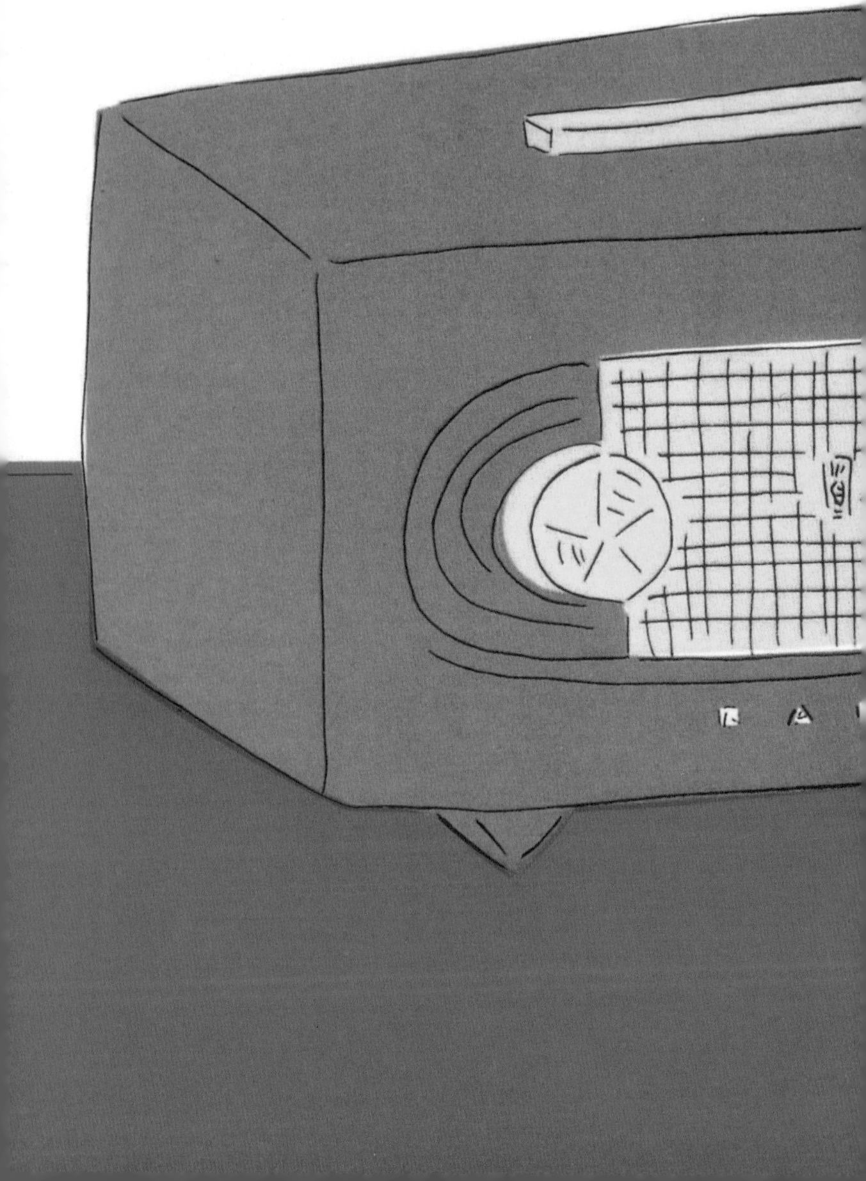

LION &
PELICAN

A DAY in THE LIFE

어느 날 아침 일하러 가려고 버스를 기다리고 있는데 낯선 아주머니가 다가와, 혹시 지금 코끼리 공장에 가는 길 아니냐고 내게 물었다. "그런데요"라고 나는 대답했다. 나는 코끼리 공장에 근무하고 있다.

몸집이 자그마한 그 아주머니는 한동안 내 얼굴과 몸과 구두와 가방 같은 것을 빤히 쳐다보았다. 나도 그사이 아주머니를 바라보았다. 아주머니는 마흔이나 쉰 살쯤으로 보였고, 그런대로 산뜻한 차림새였다. 앞에 챙이 있는 야구모자 같은 모자를 쓰고, 빨간 뿔테 안경을 끼고, 올이 성긴 다갈색 원피스를 입고, 하얀 테니스화를 신고 있었다.

"어떻게 제가 코끼리 공장에 가는 길이란 걸 아셨죠?" 나는 아주머니에게 물어보았다. 나는 불과 이 주 전쯤 이 부근으로 이사를 왔고 코끼리 공장에서 일한다는 것을 아무에게도 알려준 일이 없기에, 그녀가 어떻게 그걸 아는지 무척 의아했다.

"그야 알 수 있고말고요." 아주머니는 뭐든 다 알고 있다는 표정으로 말했다.

"오랫동안 코끼리 공장에서 일하신 분들에게선 나름의 분위기가 풍기는 법이죠."

"그런가요." 나는 말했다. 그 말이 그리 불쾌하게 들리지는 않았다. 이곳에서 코끼리 공장에 근무한다는 건 조금은 특별한 일이다. 아무나 코끼리 공장에서 일할 수 있는 게 아니다.

그후 나와 아주머니는 버스가 올 때까지 코끼리 공장 얘기도 하고, 선거 얘기도 했다. 서로 가는 방향이 달라서 우리는 "안녕히 가세요" "그럼 이만"이라 말하고, 각자 다른 버스를 탔다. 아주머니의 안경이 아침 햇살에 반짝반짝 빛났다.

버스에서 내리자 주위는 여느 때처럼 코끼리 공장으로 향하는 직공들로 붐볐다. 모두들 손에 도시락이 든 종이봉투를 들고 있었다. 몇몇 사람들이 나를 향해 손을 들어 보이거나 눈인사를 했다. 그러나 누구 하나 입을 열지는 않았다. 이제부터 해가 질 때까지 종일 코끼리를 만들어야 한다고 생각하면 다들 긴장되어 말이 제대로 나오지 않는 것이다.

우리는 강가를 따라 공장으로 가는 아스팔트길을 묵묵히 걸었다. 길은 완만한 오르막이고, 길가 여기저기에 백일홍이 피어 있다. 다음 달이면 온통 금목서 향기로 가득해질 것이다. 직공들의 발소리와 딸그락거리는 도시락 소리가 주변에 가득했다.

공장 입구에서 수위가 우리의 직원 카드를 한 장 한 장 체크했다. 수위는 우리 얼굴쯤이야 전부 기억하고 있을 텐데도 한 장 한 장 빠짐없이 카드를 체크한다. 코끼리 공장에서는 질서를 매우 중요하게 여긴다.

"됐습니다." 수위가 내게 카드를 돌려준다. "열심히 하세요." 그는 말한다.

"감사합니다." 나는 말한다.

그러고서 나는 탈의실에 들어가 작업복을 입고 모자를 쓴다. 내 모자에는 초록색 선이 두 줄 그어져 있다. 벌써 오 년이나 이곳에서 일하고 있음을 나타내는 표시다. 탈의실을 나서자, 마지막 공정으로 엄니만 끼워넣으면 완성될 코끼리들이 열심히 웅웅대는 소리가 들린다.

이렇게 코끼리 공장의 하루가 시작된다.

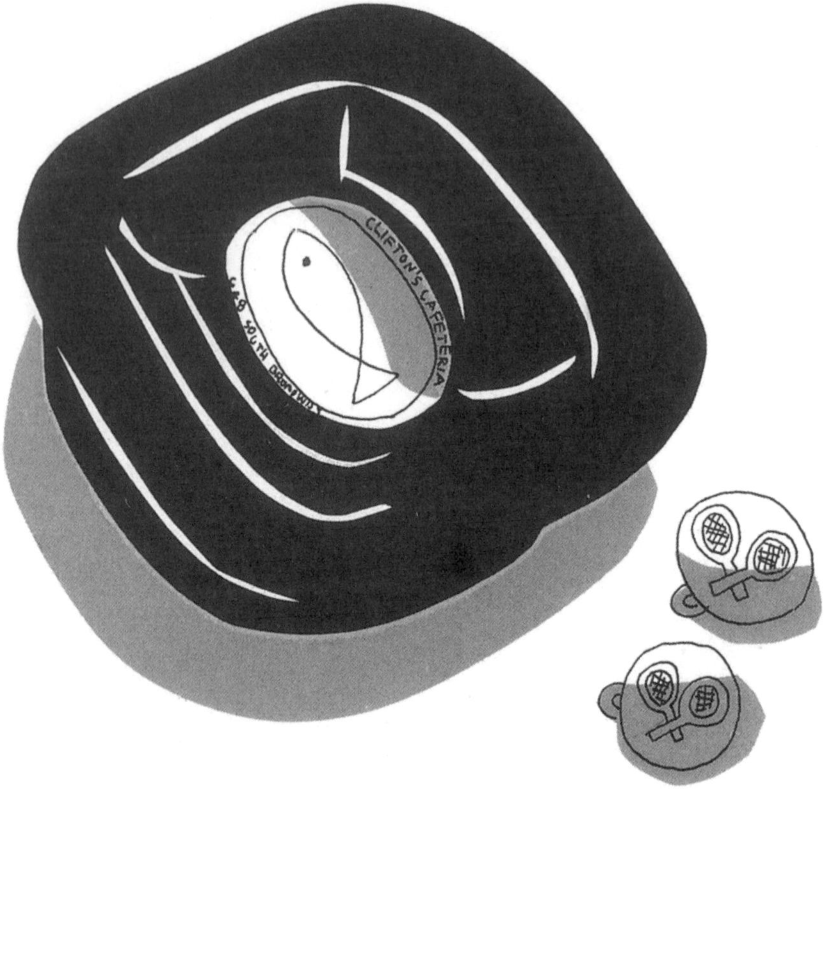
CLIFTON'S CAFETERIA

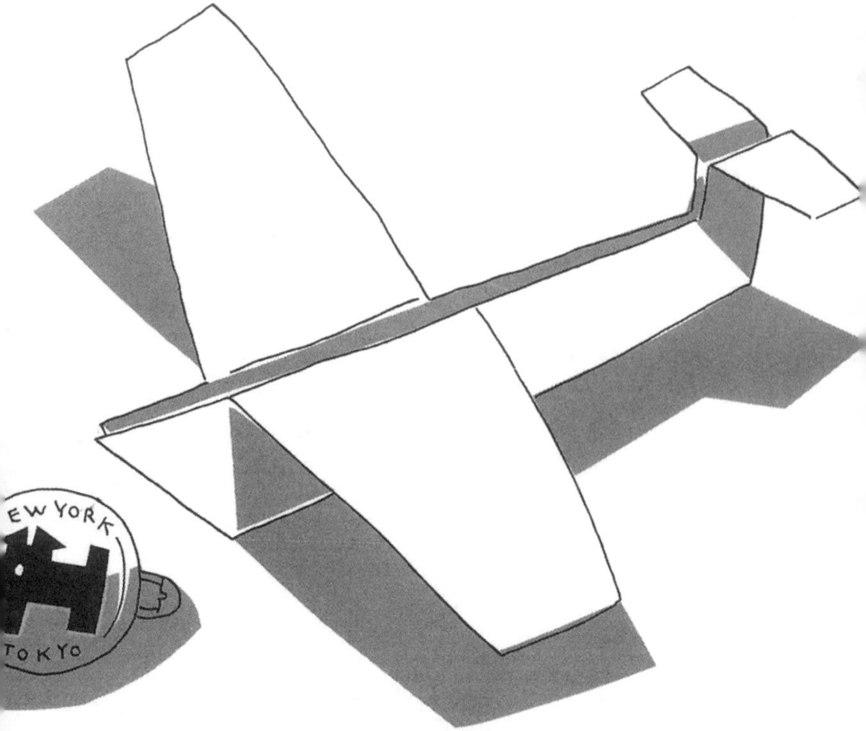
EW YORK
TOKYO

7UP

olive

쌍둥이 마을의 쌍둥이 축제

나는 옛날부터 쌍둥이에게 상당한 관심을 갖고 있다. 딱 한 번이라도 좋으니 쌍둥이 자매와 데이트를 해봤으면 하는 게 오랜 꿈이다. 양옆에 얼굴이 똑같은 여자가 한 명씩 있어준다면 많은 일이 훨씬 수월해질 듯한 기분이 드는데, 그렇지도 않으려나.

미국 클리블랜드시 교외에 쌍둥이 마을Twinsville이라는 동네가 있다. 이 동네의 기반은 1812년 모세 윌콕스와 애런 윌콕스 형제가 만들었다. 역사에 따르면 이 두 사람은 신기하리만큼 꼭 닮은 쌍둥이로, 아이를 낳고도 줄곧 같은 땅에서 살았고 죽을 때도 같은 병으로 몇 시간 간격으로 죽었다고 한다. 그 두 사람을 기념하여 이런 이름이 붙었다.

그런데 이 쌍둥이 마을에서는 매년 쌍둥이 축제가 열린다. 올

해도 미국 28개 주에서 몇백 명이나 되는 쌍둥이가 마을로 모여들었다. 축제의 원래 목적은 '쌍둥이끼리 만남으로써 쌍둥이 특유의 문제나 감정을 나눌 수 있게 하자'는 것이지만, 실제로는 모두 모여 와글와글 게임 등을 하며 즐기는 자리다. 장기자랑 같은 프로그램도 있는데, 그 대부분이 듀엣 합창임은 두말할 필요도 없다.

이 축제에는 수많은 더블스도 참가한다. 더블스란 쌍둥이끼리 결혼한 두 커플을 지칭하는 말이다. 그리고 더블스가 되고 싶어하는 쌍둥이들도 찾아온다. 즉 쌍둥이가 쌍둥이를 헌팅하는 셈인데, 이건 참 재미있을 것 같다. 보통 "넌 저쪽 해, 난 이쪽으로 할 테니까" 하는 식으로 사전 합의를 보고서 "헤이, 걸스!" 하고 말을 걸 텐데, 누가 어느 쪽을 택할지는 도대체 무슨 근거로 결정한단 말인가? 나는 도저히 모르겠다. 그러나 어찌되었든 이런 경우야말로 진짜 더블데이트라는 느낌이다.

이틀 동안의 축제 기간 내내, 그리 넓지 않은 쌍둥이 마을은 말 그대로 쌍둥이로 만원을 이룬다. 그래서 축제에 휩쓸려든 '쌍둥이가 아닌' 사람은 자신이 쌍둥이가 아니라는 사실에 무척 혼란스러워지는 모양이다. '왠지 내 반쪽이 어디론가 사라지고 없는 듯한 기분이다.' 이것이 '쌍둥이가 아닌 사람'들의 감상이다.

며칠 전 신문을 읽다가 길에서 춤추는 아이들을 위협해 돈을 강탈한 쌍둥이 야쿠자에 대한 기사를 봤는데, 쌍둥이 야쿠자라니 어째 으스스할 것 같다.

SANDWICH
MRRBU
VIANA

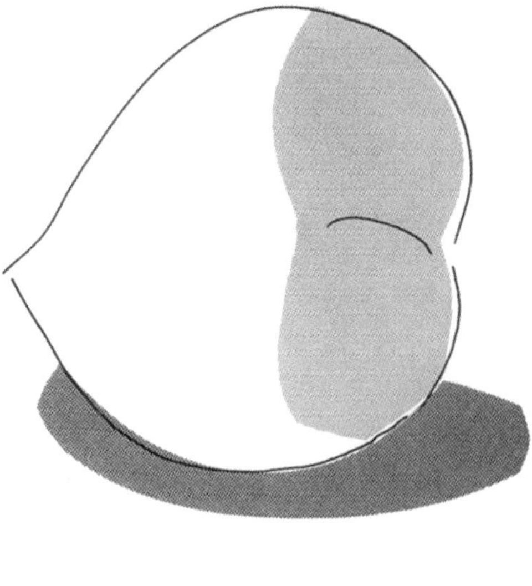

마이 스니커 스토리

'스니커'란 명칭은 정확하지 않다. SNEAKER란 '비열한 인간'을 말한다. SNEAKERS가 정확한 표기다. 하지만 그런 것은 아무려나 상관없는 일이다.

SNEAK는 '살금살금 걷다'란 뜻이다. 과연 스니커를 신으면 살금살금 걸을 수 있다. 스니커를 최초로 발명한 사람은 틀림없이 친구나 가족으로부터 신나게 잔소리를 들었을 것이다.

"누, 누구야! 아, 너군. 뒤에서 살금살금 다가오면 깜짝 놀라잖아."

"당신, 이제 그 새 신발 그만 신으면 좋겠어요. 섬뜩해서 접시를 벌써 세 개나 깨먹었다고요." 뭐 이렇게.

그래도 스니커를 발명한 사람은 아주아주 즐거워했을 것이다. 수없이 장난을 쳤을지도 모르겠다. 그런 광경을 상상하면 꽤 재미나다.

자세하게 조사해보니, 스니커는 1872년 보스턴에 사는 제임스 P. 브래들리라는 마구馬具 가게 주인이 발명했다고 한다. 브래들리 씨의 사람됨이 어떤지는 분명치 않다. 부인이 접시를 깼다거나 친구들에게 미움을 샀다는 내용도 없다. 에디슨이나 라이트 형제에 관해서는 자세한 전기가 있는데, 스니커를 발명한 사람이 이렇게 낮게 평가되고 있다는 건 좀 불공평하다는 생각이 든다.

그건 그렇고, 브래들리 씨는 몹시 독특한 인물이었던 것 같다. 그는 처음에는 고무바닥 편자를 발명해 시市 당국으로부터 13달러 벌금형을 받았다. 고무바닥 편자를 붙인 말이 소리없이 돌아다니다가 앞서 길을 걸어가던 노부인의 목덜미를 날름 핥은 탓이다. 노부인은 기절해 쓰러졌고, 브래들리 씨는 경찰에 연행되어 벌금을 냈다. 고무바닥 편자는 폐기처분되었다.

그런데도 브래들리 씨는 굴하지 않고 고무바닥 편자에 대한 연구를 계속했고, 마침내 인디언 토벌군이 이를 시험적으로 사용하기에 이르렀다. 1868년의 일이다. 기병대가 소리없이 살금살금 인디언 부락의 배후로 잠입하기 위해서였는데, 그 성과는 그리 신통치 못했던 모양이다. 보스턴의 노부인과 수 족* 전사는 역시 사정이 달랐던 것이다.

그리고 1872년 브래들리 씨는 '고무바닥 편자도 있는데, 인간의 신발 밑창에도 고무가 붙어 있어도 좋지 않을까' 하는 코페르니쿠스적, 오카모토 다로**적 발상의 전환을 이룬다. 그렇게 해서 '브래들리식 고무바닥 신발'이 탄생한다.

'브래들리식 고무바닥 신발'은 언제부터인가 SNEAKERS라 불리게 되었다. 이처럼 악의에 찬 이름이 붙은 걸 보면, 보수적이며 온화한 보스턴 시민들은 브래들리 씨와 그의 발명품에 대해 꽤나 진저리를 쳤던 모양이다.

세월은 바뀌어 1982년.

나는 스니커를 무척 좋아한다. 일 년 중 350일은 스니커를 신고 다닌다. 덱 슈즈, 로 컷, 농구화 모델, 하양 빨강 파랑 컨버스, 케즈, 정말 여러 가지 스니커를 갖고 있다. 스니커를 신고 길을 걷노라면 나이를 먹는 것 따위 눈곱만큼도 두렵지 않은 기분이 든다.

때로 어떤 사람이 스니커를 발명했을까 하고 생각한다. 여러

---

* 북미 원주민 중 한 민족.

** 일본 아방가르드를 대표하는 화가이자 조각가.

모로 궁리한 끝에 이런 허구를 생각해냈다. 전부 거짓말입니다.
죄송.

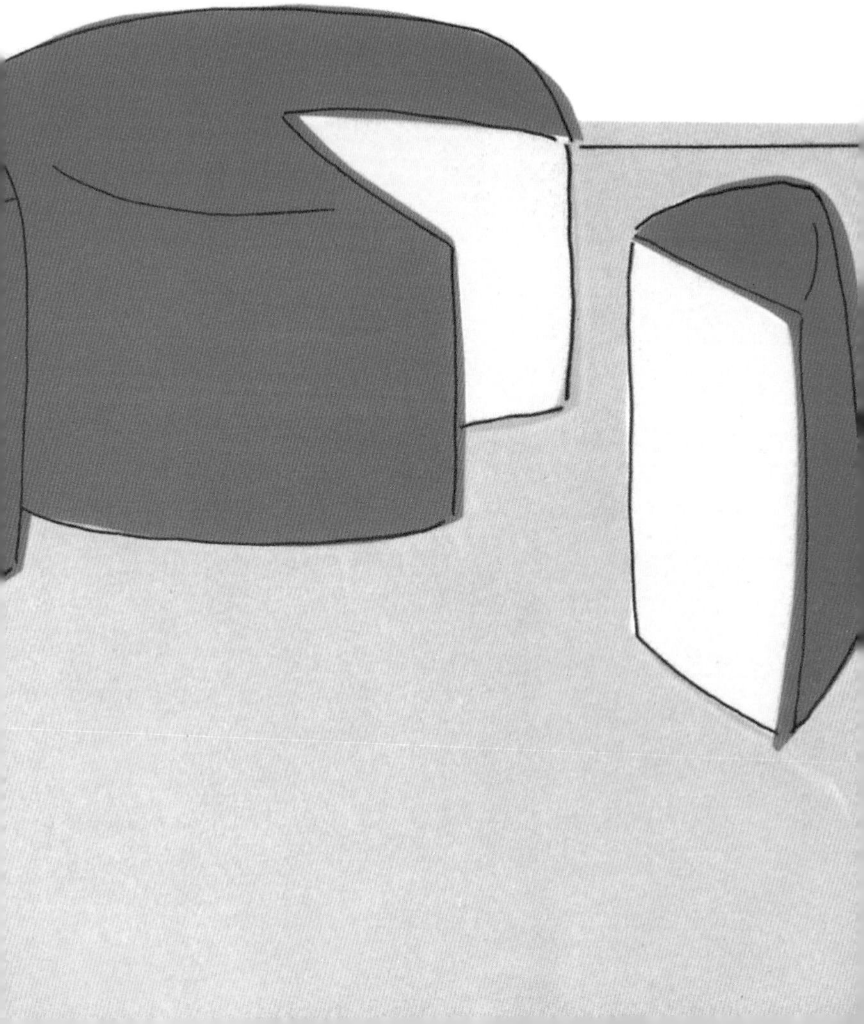

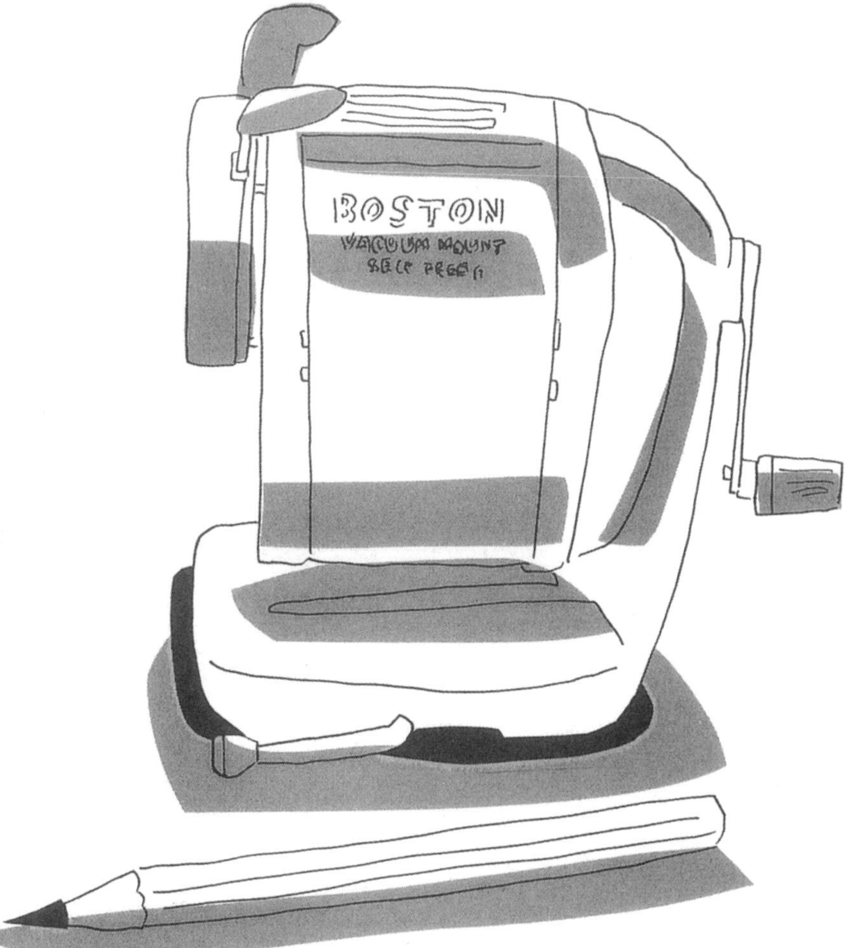
BOSTON
VACUUM MOUNT

森永ミルクキャラメル

거울 속의 저녁노을

우리는(우리라 함은 물론 나와 개를 말한다) 아이들이 잠든 것을 확인하고 오두막에서 나왔다. 내가 머리맡에 앉아 『1963년도판 조선造船 연감』을 소리 내어 읽는 사이에(오두막에는 그것 말고 다른 책은 없었다) 아이들은 금세 잠에 빠져들어 새근새근 숨소리를 내기 시작했다. "총 배수량 23652톤, 전체 높이 37.63미터……" 따위의 문장을 주절거리고 있으면 설령 코끼리떼라도 잠들어버린다.

"저, 주인어른." 개가 말했다. "산책이라도 하러 나가요. 오늘 밤은 달님이 무척 아름다워요."

"좋고말고."

이처럼 나는 말할 줄 아는 개와 생활하고 있다. 물론 말할 줄 아는 개는 극히 드물다. 말할 줄 아는 개와 살기 전에는 아내와 함께 살았다. 작년 봄 시내 광장에서 바자회가 열렸는데, 나는 거기서 말할 줄 아는 개와 아내를 바꿨다. 거래한 상대와 나 둘 중 누가 이득을 보았는지는 잘 모르겠다. 나는 그 누구보다도 아내를 사랑했지만, 말할 줄 아는 개는 그 무엇보다도 희귀한 존재이기 때문이다.

나와 개는 강을 따라 비스듬한 언덕을 올라 그대로 숲으로 들어갔다. 때는 7월, 매미와 개구리의 울음소리가 사방에 가득했다. 나뭇가지 사이로 쏟아지는 달빛이 오솔길에 드문드문 무늬를 그리고 있었다. 걸으면서 나는 지나가버린 과거의 나날을 떠올렸다.

"주인어른, 무슨 생각 하는데요?" 개가 물었다.

"옛날 일." 나는 대답했다. "젊었을 때 일."

"잊어버리세요." 개는 냉정한 목소리로 말했다. "옛날 일 따위 되짚어봤자 비참해질 뿐이죠. 참 이해할 수가 없네. 비참한 인간이 꼭 더 비참해지려고 하니. 아시겠어요……"

"이제 그만해." 나는 말했다. 그러고는 잠자코 걸었다. 개는 주인에게 그런 말을 해서는 안 된다. 아무래도 내가 개를 지나치게 오냐오냐 대한 것 같다. 이대로 가다가는 내년 봄 바자회에서 또 다른 무언가와 개를 교환하게 될 것이다. 아내를 되찾지는 못해도 하프를 켤 줄 아는 산양 정도는 구할 수 있을지 모른다.

개는 그런 나의 생각을 눈치챈 듯했다.

"그렇게 말할 생각은 아니었는데요." 개가 변명했다. "주인어른은 정말 좋은 사람이에요."

"저만치 갔다가 돌아오자." 나는 말했다. "숲속의 밤은 무서우니까 말이야."

"정말 그래요. 숲속의 밤은 무섭죠." 개는 그렇게 말하고 잠시 생각에 빠졌다. "밤의 숲속에서는 여러 가지 일이 일어나죠. 예를 들면 거울 속의 저녁노을이라든지……"

"거울 속의 저녁노을?" 나는 깜짝 놀라 되물었다.

"그런 게 있어요. 오래된 전설이죠. 엄마 개가 강아지들을 겁주려고 할 때 흔히 하는 얘기예요."

"흐흠." 나는 웅얼거렸다.

"어때요, 이쯤에서 조금 쉬어갈까요?"

"좋고말고."

나는 나무 그루터기에 걸터앉아 담배에 불을 붙였다.

"거울 속의 저녁노을 얘기를 좀더 자세히 들려주지 않을래?"

"내년 봄 바자회에 절 내놓지 않겠다고 약속해주신다면요. 저, 이 나이에 또 개장에 갇혀 구경거리가 되고 싶지 않거든요."

"약속하지." 나는 말했다.

개는 고개를 끄덕이며, 앞발에 묻은 흙을 나무뿌리에 비벼 털어내고서 천천히 얘기를 시작했다.

"이 부근 개들은 다 아는 얘기예요. 이 드넓은 숲속 어딘가에 수정으로 된 작고 동그란 연못이 있대요. 수면은 마치 거울처럼 매끈매끈하고요. 그리고 거기에 늘 저녁노을이 비친다는 거예요. 아침에도 낮에도 밤에도 늘 저녁노을이죠."

"어떻게 그런 일이 있을 수 있지?"

"글쎄요." 개는 어깨를 으쓱했다. "아마 수정이 기묘하게도 시간을 빨아들이는 모양이죠. 정체 모를 심해어처럼 말이에요."

"그리고 그건 아주 위험하겠지?"

"네, 그 광경을 본 사람은 모두 거기로 뛰어들고 싶어진대요. 아무튼 정말 너무나도 아름다운 저녁노을이거든요. 그리고 한번 뛰어든 사람은 영원히 그 저녁노을의 세계 속을 헤매다니게 되죠."

"그리 나쁘지 않은데."

"그렇게 말할 줄 알았어요." 개는 한쪽 눈을 찡긋해 보였다. "하지만 대개의 일들은 실제로 해보면 생각했던 것만큼 재미있진 않은 법이죠. 두 번 다시 되돌아올 수 없는 경우에는 더더욱이요."

"난 저녁노을 좋아해."

"참 나, 저는 뭐 안 좋아하는 줄 아세요."

한동안 나는 말없이 담배를 피웠다. "그런데, 넌 실제로 그……

거울 속의 저녁노을이란 걸 본 적 있니?"

"아니요." 개는 고개를 저었다. "본 적은 없어요. 부모님에게서 얘기를 들었을 뿐이죠. 부모님은 또 그 부모님에게서 들었고요. 말했잖아요, 오래된 전설이라고."

"그걸 본 개는 없단 말이지?"

"그걸 본 개는 모두 그 저녁노을 속으로 끌려들어갔다니까요."

"알 것 같기도 한데."

"사람이건 개건 생각하는 건 얼추 비슷하죠." 개가 말했다. "자, 이제 그만 돌아가요."

우리는 왔던 길을 되짚어 묵묵히 걸었다. 풀고사리 잎이 밤바람에 바닷물처럼 일렁이고, 새하얀 달빛 속에 꽃향기가 떠다녔다. 졸졸 흐르는 시냇물 소리가 가까워졌다가는 멀어지고, 밤의 새는 금속 조각을 비벼대는 듯한 소리를 내며 울었다.

"피곤하세요?" 개가 물었다.

"괜찮아." 나는 말했다. "기분이 아주 상쾌하네."

"그렇다면 다행이지만요." 개는 말했다.

"그건 그렇고." 나는 말했다. "아까 한 얘기, 전부 네가 멋대로 꾸며낸 거지?"

"무슨 말씀이세요, 제가 왜……"

"괜찮으니까 사실대로 말해봐." 나는 단호하게 말했다.

"눈치채셨어요, 역시?"

"당연하지."

개는 떨떠름하게 웃으며 머리를 갈작갈작 긁었다. "그래도 재미나는 얘기였죠?"

"하긴." 나는 말했다,

"하지만 잊어버리시면 안 돼요. 내년 봄 바자회 얘기 말이에요. 주인어른이 틀림없이 약속하셨으니까."

"알고 있어."

"개장 안에만은 들어가고 싶지 않아요." 개는 말했다.

우리는 오두막까지 남은 길을 아무 말도 하지 않고 걸었다. 아무튼 달이 지독히도 아름다운 밤이었다.

POST CARD

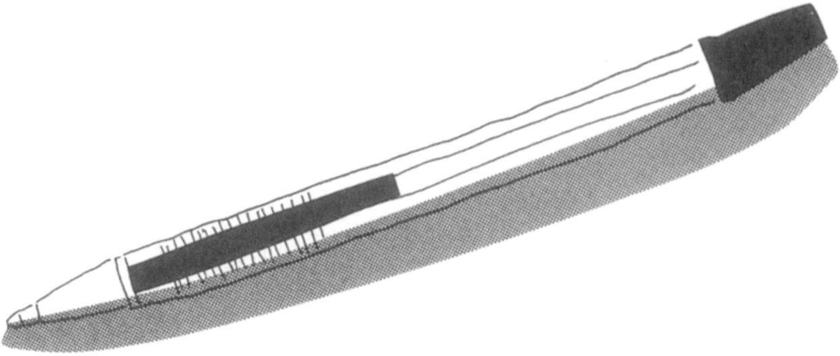

THE PIPE
SAFETY MATCH

사보이에서 스톰프*를

오티스 퍼거슨 지음

무라카미 하루키 옮김

스윙재즈 팬에게 굳이 '사보이 볼룸'을 설명할 필요는 없을 것이다. 또 팬이 아닌 사람에게는 그 이름이 지닌 정확한 울림을 전달하기도 어렵다. 재즈와 민중의 한순간의 밀월, 1930년대에 가장 빛났던 댄스홀 '사보이'. 공연 실황 레코드나 V디스크**의 첫머리에서 이런 멘트를 들은 사람도 많을 것이다. "레이디스 앤드 젠틀맨, 디스 이즈 사보이 볼룸……"

필자 오티스 퍼거슨의 말을 빌리자면, swing it, man.

—무라카미 하루키

* stomp, 초기 재즈에서 볼 수 있는 빠른 템포의 곡. 혹은 그에 맞춰 추는 춤.

** 미군 위문용 음반.

장소는 업타운, 그것도 예의 레녹스가街, 토요일 밤 아홉시에서 일요일 아침 여덟시까지 그곳에서 춤을 추는 거야. 이름 하여 브렉퍼스트 댄스, 아무튼 스윙하는 거지. 보통 날 밤에는, 아니, 토요일 밤에도 늘 그렇지는 않아. 밴드는 두 팀, 두시나 세시에는 다 끝나지. 하지만 오늘밤은 달라. 한 달에 몇 번뿐인 스페셜 나이트, 아침식사 때까지 온 세상이 내 것인 셈이지. 네 팀이나 되는 밴드가 자네들이 춤을 추는 한 상대해줄 거야. 아침식사 때까지는. 그 이상은 몰라.

그렇다고 질 나쁜 곳은 아니야. 아주 번듯한 곳이지. 싸구려 술집도 아니고, 지하 도박장도 아니야. 명실상부한 볼룸이라고. 안에 들어가서 75센트를 지불하고, 넓은 계단을 올라가. 매니저나 손님들 모두 인상이 좋지. 걱정할 거 없어. 테이블 자리 끝에 있는 북적거리는 긴 바에서 마실 것을 주문하는 거야. 맥주는 10센트, 잔에 따라주는 캘리포니아 와인은 25센트. 손님 중에는 더 독한 술을 병째 들고 오는 이들도 있지만, 그들은 어차피 화장실로 달려가 술에 취한 대가를 치르게 되겠지. 그렇다고 걱정할 건 없어. 화장실은 옆으로 나란히 두 군데 있으니까.

이제 열두시. 자네는 쉬 입장하는군. 밖에는 비가 내리고 있어. 아직 빈자리가 남아서인지 매니저는 시큰둥한 표정이군. '부인 서비스 나이트'보다 손님이 훨씬 많아야 하는데, 비가 오는 탓에 그럴 가망이 없어진 거지.

홀의 넓이는 세로 75야드에 가로 25야드쯤. 천장은 낮고 조명은 어스름하지. 곡이 바뀌는 몇 초 동안, 또는 밴드가 바뀌어 준비하는 동안이면 홀은 사람들 목소리로 넘쳐나. "못 말리겠군" 이니 "여자는 어때" "잘해주라고" 하는 소리로. 그러다 밴드 연주가 시작되면 홀과 손님이 한 몸이 되어 드럼처럼 비트를 두드리고, 신나는 리듬에 맞춰 큰 파도처럼 위아래로 너울대지.

그 모든 것을 한꺼번에 바라볼 수는 없어. 밴드가 있고, 술 마시는 손님이 있고. 맥주잔을 한 손에 쥔 채 테이블에 엎드려 잠든 이도 있지. 로맨스라는 극히 개인적인 희극에 열중하는 사람도 있어. 뮤지션이었던 이들도 있지, 그들은 돌아다니면서 떠들거나 추레한 분위기로 준비된 식사를 해치우지.

"젠장." 지붕 있는 침대 같은 꼴로 털썩 주저앉은 한 남자가 욕지거리를 하고 있군. '추'라는 이름으로 불리는 이 남자는 우리 미국이 낳은 최초의 테너 색소폰 주자, 예술가이기도 해. "젠장, 고기가 없잖아. 그 자식은 무슨 밥을 이렇게 주는 거야." 추는 그렇게 주절거리면서 요리를 헤집고 있어. 지금 플로어는 다리를 쳐들고, 몸을 돌리고, 스톰프를 추는 손님들로 발 디딜 틈도 없군. 참 대단한 광경이야. 춤추라고, 미쳐버릴 만큼. 모두들 흥분

해서 떠들고, 땀을 흘리고, 기운이 넘치는군. 내일 일 따위는 엿 먹으라고 해.

뭐랄까, 말로는 표현할 수 없는 분위기야. 모든 것을 한꺼번에 바라보기는 어렵지만 모든 것을 한꺼번에 느낄 수는 있지. 이제 막 한덩어리가 된 에너지의 분출 같은 거야. 지금이 한창 불타오르는 때겠지. 초점은 뭐니 뭐니 해도 밴드석 부근에 있어. 재질은 거칠지만 더없이 튼튼한 목재 스탠드지. 그리고 거기에 빛과 음악이 반짝이고 있어. 베이스드럼은 바닥에, 스트링 베이스는 구멍에 고정되어 있고, 큼지막한 피아노의 지친 건반은 마치 허름한 계단 같아.

악단이 두 팀 올라갈 수 있는 밴드석의 길이는 약 60피트, 너비는 좁아. 홀 안쪽의 벽을 등지고 있지. 빛은 거의 여기에 집중되는데, 그래도 충분히 어두워. 등뒤의 벽은 호화로운 파랑, 스포트라이트 때문에 그곳은 늘 엷은 구름이 나부끼는 것처럼 보이지. 그리고 그 아래 자리한 밴드가 홀을 노려보며 압도하고 있어. 마치 화물열차처럼 떡 버티고 선 쇠와 증기의 덩어리 같아.

플로어에도 테이블에도 사람들이 떼 지어 있어. 몇백 명쯤 되려나. 이 홀이 천오백에서 천육백 명의 손님으로 꽉 차는 밤도 있어. 모서리 벽 앞에 한 줄로 늘어선 댄스 걸, 요금은 세 곡에 25센트. 천장에 박힌 장미색 불빛 아래 모든 것이 들끓는군.

그러나 가게의 심장부는 역시 밴드석. 뮤지션이 두 줄로 서서 발을 쿵쿵거리고, 가슴이 찢어져라 있는 힘을 다해 악기를 연주하고 있어. 수자폰 나팔의 반짝임이 춤추는 이들의 머리 위로 달빛처럼 쏟아지는군. 그 멈출 줄 모르는 에너지를 꽉 눌러 절제시키는 것은 정확히 리듬을 맞추고 있는 리듬 섹션. 기타, 피아노, 베이스, 드럼. 오, 테디 힐 밴드가 18번인 〈크리스토퍼 콜럼버스〉의 마지막 코러스를 시작했군. 브라스가 허공을 때리고, 리드 섹션이 멜로디 라인을 그려내는군. 어때, 춤추던 이들이 춤을 멈추고 밴드석 주위로 모여들어 리듬에 몸을 싣지. 그러다 머리를 젖히면 그 위로 멜로디가 강처럼 흘러. 모두를 완전히 녹다운시키고 마는 무도로의 초대—어이, 왈츠 따위는 꺼지라고 해. 바닥이 흔들리고, 가게 안이 마치 발전실 같군. 연기 자욱한 공기가 위아래로 흔들리는군. 자, 이제 스윙하라고, 리듬을 타, 정신을 놓고, 아니지, 이렇게 말하겠어, 기분 내키는 대로 하라고. 이건 귀로 듣는 음악이 아니야. 몸으로 느끼는 음악이지.

특정한 뮤지션만이 이런 무드를 만들어내는 건 아니야. 이 무드는 가게 자체에 배어 있어. 이 가게에는 뭐랄까, 그런 게 있지. 말하자면 그림자 같은 것 말이야. 이 밴드석은 위대한 수많은 음악을 빨아들였지. 플레처 핸더슨의 그레이트 빅밴드, 환상적인 트럼펫 주자 루이(새철마우스 예하) 암스트롱, 미스터 엘링턴

(듀크, 더 그레이트 더스키), 밴드 마스터 캡 캘러웨이(그는 이 가게에서 데뷔했지), 매키니스 코튼 피커스, 초콜릿 댄디스, 그리고 또 누가 있더라? 좋아하는 밴드 이름을 대보라고 매니저가 큰소리치는군, 우리 가게에 출연한 적 없는 밴드를 하나라도 알면 대단한 거라고. 폴 화이트먼도 출연했을 정도니. 그래, 이 가게의 공기에는 무언가가 있어. 손님 쪽에서도 그 무언가를 받아들이려 하지. 무드를 만들어내는 것은 바로 그거야. 그러니까 만약, 결속을 다지고 마음을 하나로 뭉치고 싶은 그룹이 있다면, 여기가 딱이야.

그렇다고 여기 분위기가 불이라도 난 것처럼 활활, 창문은 덜컹덜컹, 그렇게 엄청나기만 한 건 아니야. 꽤 민첩하기도 하고, 마음도 써주고, 제법 자상해. 또 그 상투적인 예술반전 · 반파시즘 예술가 전선에 관해 게거품을 물고 논쟁하는 것도 아니야. 뮤지션들은 그저 연주하고, 여자들과 놀고, 빅터에 라디오방송이나 댄스를 위한 곡을 녹음할 뿐이지. 그리고 동료들끼리 그런 얘기를 소곤소곤, 그리고 다소는 자랑스럽게 나누지. 그중 몇 명(최고의 몇 명)은 스스로를 불태우고 있는 것 같기도 해. 스스로가 다치지 않도록 강하게 지켜내기 위해서지. 알아보는 방법은 간단해. 뭐라 말할 수 없이 아름다운 음악이 그들을 단연 돋보이게 하지. 그런 그들에게 롬바르도나 듀친, 밸리, 라이즈맨 같은 예능인의 이미지를 바라면 안 되지. 설령 그들에게 그런 쇼맨십이나 파렴치함, 뻔뻔스러움이 있다 해도 후자와는 차원이 달라. 만약 정신 나간 테너 맨이 힘차고 생기발랄한 프레이즈를 연주했다고 치자고. 그는 자신의 육체를 악기삼아 넘치는 감정과 슬픔을 그대로 표현했을 뿐이야. 이 원칙에서 벗어난 것, 진정으로 창조적이며 쉼 없는 흐름(바흐도 그 점은 마찬가지였지)을 간과한 것, 특히 재즈 특유의 드라이브감을 놓친 것은, 그것이 제아무리 멋들어지고 훌륭하고, 그리고 손님들에게 반응이 좋았다 한들 모두 가짜야. 창조성이 없으면 모두 가짜인 거야.

"테너 주자 중 몇 명은," 무대에서 추가 내려가며 중얼거리는군. "콜먼 호킨스나 아무개를 흉내내고 있어. 하지만 말이지, 그것만 가지고는 안 돼. 혼이 없잖아. 알겠나? 그걸 모르는 인간이 있다니까, 혼 대신에 침을 불어넣는 인간이. 대체 무슨 짓인지, 원. 난 말이야, 이 악기가 최대한 아름다운 소리를 낼 수 있게 하는 거, 그게 전부야. 그게 내 자긍심이고. 그런데 다른 녀석들은…… 도무지 알 수가 없다니까."

우물우물 말을 마친 추가 부끄러운 듯이 입을 다무는군. "젠장, 그 자식"이라네. "기분 잡쳤어. 오늘밤 고기만 먹었어도, 난……"

하지만 그런 일은 아무래도 좋아. 왜냐하면 시간은 이미 새벽

세시, 네시, 그리고 다섯시. 정확한 시간은 아무도 몰라. 테이블에 엎드려 잠든 손님은 늘어나고, 플로어에서 춤추는 손님은 줄었어. 그럼에도 퀴퀴한 냄새가 나는 따뜻하고 흥분된 가게의 이 공기는 여전하지. 어슴푸레한 불빛 아래 넘치는 에너지도 똑같아. 오늘밤의 연주를 끝낸 테디 힐 밴드의 면면들이 다른 밴드의 연주를 잠시 즐기고서 삼삼오오 사라지는군. 지금 이 홀을 뒤흔드는 밴드는 그 이름도 정겨운 칙 웹. 높은 의자에 앉은 꼽추 사나이가 우아하고 하얀 드럼 세트를 두드려 폭풍 같은 리듬을 밴드에게 보내고, 아직도 흔들림을 멈추지 않는 플로어에 비트를 선사하는군.

아, 이곳은 할렘. 계단을 내려가 밖으로 나가면, 밤은 이미 밝았고, 아침의 엷은 빛이 이곳이 할렘이라는 것을 알려줘. 슬럼. 인적도 드물군. 몇 명은 홀에서 막 나와 아침을 먹으러 가려는 참이야. 나머지는 홀에 못 들어간 이들이지.

"여어, 형씨, 담배 안 피우나?" 홀에 못 들어간 사람 하나가 내게 다가와 말하는군. 기분 내키면 도시 전체를 통째로 사들이겠다 싶을 만큼 기운찬 걸음이야. "어디 한 개비 좀 줘보라고." 그는 성냥조차 없어. "안쪽 상황, 어때?" 그가 묻는군. "복잡해서 못 들어가겠지?"

"글쎄, 그래도 아직 들어갈 수 있을 텐데."

"그래도 복잡할 텐데. 댁도 못 들어가지 않았나?"

"음, 뭐 사람이 꽤 있긴 하지만, 그래도 앉을 수는 있어."

"그래, 많이 북적거릴 줄 알았는데…… 실은 말이야." 그는 아무렇지 않게 내 담배를 가로채가. "다임 동전 하나 남은 거 없나? 그게 있으면, 형씨, 내가 커피를 마실 수 있거든. 거참, 벌써 꽉 차서 못 들어갈 줄 알았어, 알지?"

그렇군, 얘기의 속뜻을 알 것 같아. 겉으로 하는 말의 이면에 있는 것은 선망과 가난한 자존심. 이 가게는 그 같은 사람이 부담 없이 들어갈 수 있는 곳이 아니거든. 내게서 10센트짜리 동전을 우려낸 그가 걸음을 내디딘 나를 향해 손을 흔들어. 그것도 아주 우아한 손짓으로. 언제 다시 만나러 오라고. 이 주변은 내 앞마당이나 마찬가지니까, 내 이름만 대면 만사 오케이야. 좋은 여자도 붙여줄게, 알았지.

먼지 이는 아침 거리에 널린 쓰레기와 신문지가 사락사락 소리를 낸다. 그의 닳디닳은 싸구려 바지 자락이 그것들 사이를 헤치듯 가볍게 지나 뒷골목으로 사라진다. 거기에 있는 것은 더럽고 가난한 거리, 빈 가게, 싸구려 아파트. 나는 뭐가 뭔지 알 수 없어진다. 그 브렉퍼스트 댄스는 과연 무엇이었던가? 어디서 와서 어디로 사라진 것일까? 눈에 보이는 것은 거적때기 같은 할렘 가. 모든 것을 빨아들인 미국 흑인의 슬럼. 텅 빈 거리에 서자,

칙 웹의 드럼 소리가 희미하게 들릴 뿐이다. 그런데도 여기서 듣는 재즈의 강렬한 비트는 내 마음에 전혀 다른 감흥을 불러일으킨다. 그것은 언제나 음악 속에 있으며, 그리고 늘 눈에는 보이지 않는 것. 그렇다, 블루스를 구성하는 것. "우리는 아침에 일어나면 구두를 전당포에 가져갈 거야." 레녹스가에 있는 것은 정상에서 벗어난 얼빠진 소동. 조명이 빛나고, 사람들은 술렁거린다. 그렇다, 하지만 그것은 동전의 한 면일 뿐이다. 그 음악을 낳은 것은, 이 할렘 거리 사람들의 마음. 이 땅 위에서, 나는 지금, 그것을 느낀다. 그 오버톤과 언더톤을. 그 얼빠진 소동과 깊은 슬픔을.

The New Republic, Feb. 12, 1936.

PICASSO

Cafe
7th AVE 11th STREET
NEW YORK N.Y
CKY
STRIKE

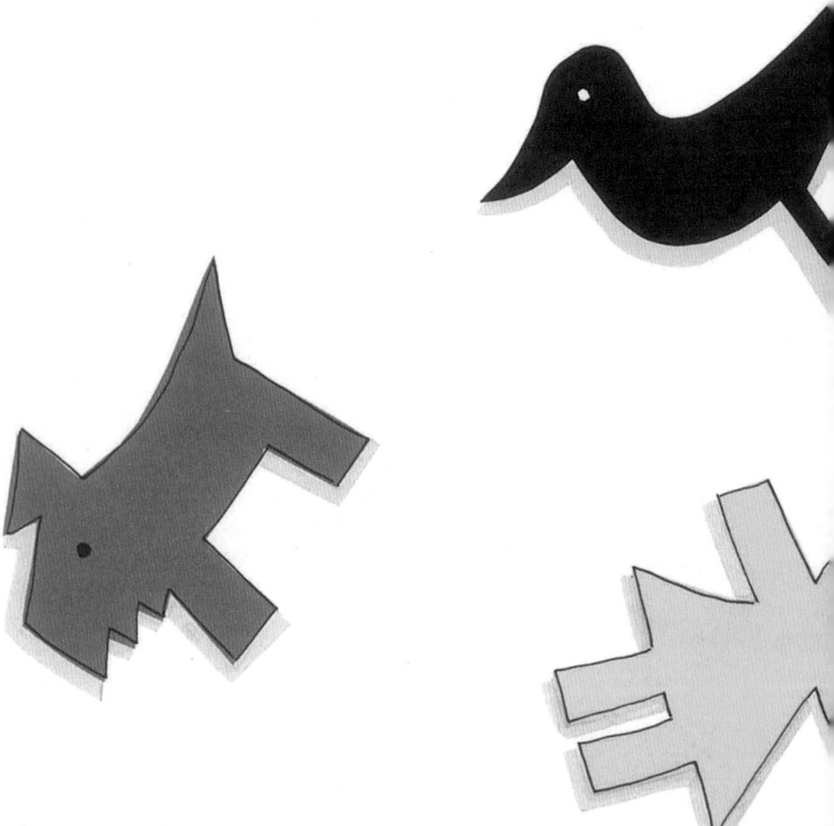

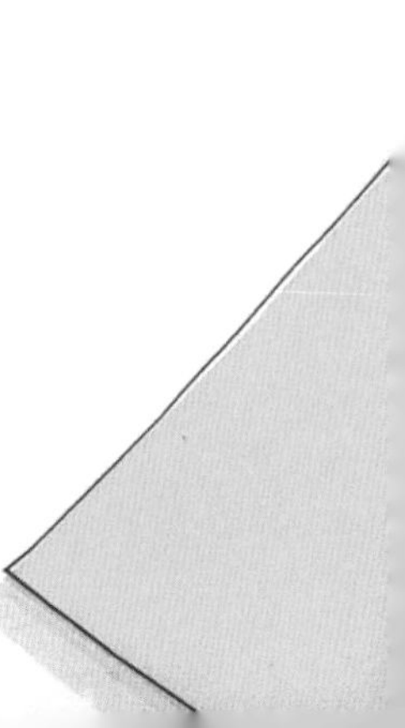

화가와 작가의 해피엔드

첫 일

하루키 늘 그림과는 관계없는 얘기만 해온 감이 있는데요.

미즈마루 음, 그러게 말입니다.

하루키 전에 한 번 잡지에서 얘기를 나눴지만, 충분하지 못했어요.

미즈마루 그랬죠.

하루키 미즈마루 씨와 같이 일한 지도 꽤 오래됐죠. 제일 처음이 문화출판국의 〈TODAY〉란 잡지.

미즈마루 맞아요. 이 책에 실려 있는 「거울 속의 저녁노을」.

하루키 개가 등장하는 얘기죠, 그게……

미즈마루 그게 첫 일이었습니다.

하루키 그전에 한 번 만나서 술을 마신 적은 있지만.

미즈마루 하루키 씨 가게였죠. 센다가야에 있는.

하루키 그후에 제가 책 표지 그림을 부탁드렸죠. 전에 또 뭐가 있었던가요?

미즈마루 그전이라…… 잡지 삽화 같은 게 혹시 있었을지도 모르겠군요.

하루키 〈일간 아르바이트 뉴스〉(이 잡지에 『무라카미 아사히도』*를 연재했다)는 그다음이던가요.

미즈마루 음, 다음이죠. 그보다 앞서 책으로는 『중국행 슬로보트』가 처음이었죠.

하루키 그 당시 책 표지 하면 와다 마코토 씨와 야마후지 쇼지 씨가 일인자였지만 나는 신인이어서 부탁하기가 좀 어려웠다고 할까, 문턱이 높게 느껴졌어요. 그래서 장편은 사사키 마키 씨에게 억지로 부탁드렸습니다. 〈가로〉** 시절부터 팬이었거든요. 하지만 그 무렵 사사키 씨는 표지 작업은 별로 안 하셨어요.

미즈마루 그 표지, 솔직히 말해 누가 그렸을까 좀 궁금했어요. 어디서 본 적이 있는 듯한 그림인데 잘 모르겠더군요. 사사키 마키 씨도 늘 하던 것과는 좀 다른 분위기로 그리지 않았나 싶습니

* 국내에는 『밸런타인데이의 무말랭이』로 번역 출간.

** 1964년에서 2002년까지 발행된 월간 만화잡지.

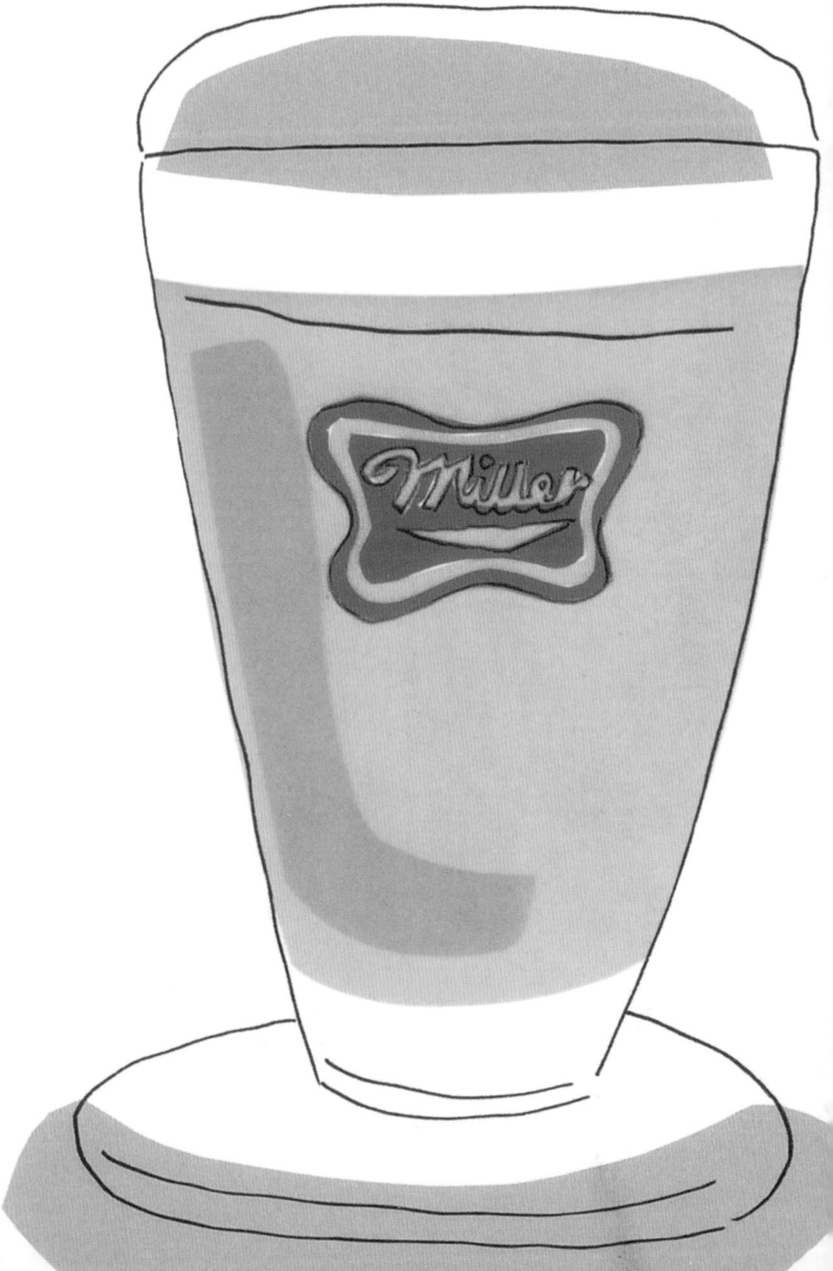
Miller

다. 그게 오히려 좋았던 것 같기도 하고요.

하루키 보통은 마키 씨에게 표지 그림을 부탁한다는 생각 자체를 미처 못하죠. 만화와 그림책을 하는 사람이니까.

미즈마루 마키 씨에게 표지 작업을 부탁하러 가다니, 생각해보면 굉장한 일이네요.

하루키 용기가 있었죠(웃음).

미즈마루 그런 느낌입니다(웃음).

하루키 그래서, 내가 억지를 부려서 맡아주셨어요. 그런데 그 그림이 내 마음에도 무척 들었고, 평판도 좋았습니다. 하지만 단편집은 장편과 전혀 다르니 그림도 전혀 다른 느낌이면 좋겠다는 생각에, 그래서 미즈마루 씨가 맡아주었으면 했죠. 미즈마루 씨의 그림은 그 무렵엔 아직 〈중산계급의 친구〉(아라시야마 고자부로 지음)의……

미즈마루 만화 같은.

하루키 그런 이미지가 있었지만, 왠지 아주 신선하다는 느낌이 들어서 부탁드렸는데…… 그 그림 참 좋았죠.

미즈마루 그때는 왠지 저를 드러내면 안 되겠다 싶은 생각이 강하게 들었어요. 그래서 그림에서 선을 생략해보았죠. 꼭 종이를 오려붙인 듯한 분위기로.

하루키 맞아요. 오리거나 붙이거나 하는 그림. 그전까지는 그렇게 많이는 안 했었나요?

미즈마루 음, 거의 시도해본 적이 없었어요. 그래서 그 표지를 내가 했을 거라고 생각 못하는 사람도 꽤 있었을 겁니다.

하루키 딱 보고 미즈마루 씨의 그림이란 걸 알 수는 없겠죠.

장편의 그림과 단편의 그림

미즈마루 무라카미 씨의 작품은, 특히 단편집 같은 경우에는 그림이 강렬한 인상을 주면 안 되겠다 싶었어요. 예를 들면 사람이나 얼굴은 되도록 안 그리는 편이 좋지 않을까, 가능한 한 자신을 내보이지 않으면서 실은 내보이는 수법, 그게 아주 좋았던 것 같아요. 아무튼 그때 편집자가 내게 전화를 걸어 무라카미 씨가 그림을 마음에 들어했다고 전해줬는데, 정말 안심이 되더군요.

하루키 내 책에는 그림을 그리기 어렵다는 사람이 많아요.

미즈마루 단순히 그림만 그리는 거라면 쉬운데, 아무렇게나 하면 안 되겠다 싶거든요.

하루키 나는 표지를 부탁할 때 어느 정도 예상을 벗어난 그림을 기대하는 면이 있어요. 대충 이런이런 선에서 부탁하고 자,

그럼 이런 식으로 합시다, 그렇게 결과가 뻔히 보이는 것은 아무래도 성에 안 차죠. 미즈마루 씨에게 부탁할 때도 역시 조금은 어긋난 것을 부탁했죠.

미즈마루 글쎄 뭐랄까요, 아무튼 평소 내 그림에서 가장 강렬하게 어필한다고 생각하는 그림선을 생략했어요. 삼가 사사키 마키 씨에 대한 경의를 다소나마 느끼게 하려고(웃음). 물론 색감이나 커팅의 형태는 제 감정대로 처리했는데, 보통 때와는 다른 분야의 가능성이 보인 셈이니까 그 점은 다행스럽게 생각합니다.

하루키 미즈마루 씨는 센스가 있어요. 상대방이 뭘 요구하는지, 어떻게 그리면 좋은지, 바로 그 자리에서 파악하는 직관력이나 분위기를 감지하는 능력이 뛰어납니다. 그래서 늘 안심하고 같이 일할 수 있죠.

미즈마루 광고회사에서 사원 교육을 받았더니 그런 재주가 생겨서(웃음).

하루키 대단합니다(웃음).

미즈마루 상대방의 기분은 왠지 알 것 같아요. 그래서 무라카미 씨가 무슨 얘기를 조금 해주면 이런 분위기를 원하는구나 하는 게 금세 느껴지고, 거기에 나 자신의 무언가가 더해지면 늘 마음에 드는 작품이 나오거든요. 『반딧불이』 때도 무라카미 씨가 표지를 '글자로 하면 좋겠다'고 했는데, 나 역시 그렇게 해보고 싶었죠.

하루키 전 비교적 주문이 많은 편이에요. 이번에는 글자로만 해달라느니.

미즈마루 주문이 많으면 구속하는 기분이 들어 싫다는 사람도 있는데, 무라카미 씨 경우는 꼭 그렇지만도 않아요. 처음에 뭐라고 살짝 얘기한 후에는 전혀 아무 말이 없으니까. 궁합이 잘 맞는 건지, 아무튼 그다음부터는 자유롭게 그릴 수 있죠.

하루키 마키 씨의 그림과 미즈마루 씨의 그림에는 의식의 차이랄까, 대조적인 부분이 있어요. 마키 씨의 그림은 말하자면 공간을 규정하는 그림, 미즈마루 씨 경우는 '여백'이죠. 장편은 마키 씨에게, 단편은 미즈마루 씨에게 부탁한 건 딱히 역할 분담 같은 생각이 있어서가 아니고, 그 반대가 어려워서죠. 장편이란 건 한 일 년 정도 모든 에너지를 집중해서 쓰니까 작품이 완성된 후에도 그 여운 같은 것이 남아 있어요. 그것을 마키 씨에게 들고 가면 그 사람에게도 비슷한 에너지가 있어서 정면으로 받아주는, 뭐 그런 식입니다. 미즈마루 씨 경우에는 짧은 것을 몇 개 써두었다가, 부탁합니다, 하면 알겠습니다, 하고 그림이 완성되죠. 그리고 그제야 비로소 많은 것들이 제자리를 잡는 면이 있어요. 그래서 소소한 것들을 미즈마루 씨에게 부탁하는 경우가 많죠. 종합적인 것으로 완성된다는 느낌이 있어요. 책 표지란 것에

는 그런 성격이 있죠.

글자와 찻잔

하루키 『반딧불이』의 경우는 처음부터 글자만으로 표지를 만들고 싶었어요. 꼭 전후의 신초샤 책 같은 분위기로…… (웃음)

미즈마루 맞아요, 맞아.

하루키 좀 예스러운 것을 좋아합니다. 1950년대 책에 많이 있었죠.

미즈마루 단행본은 대개가 그랬죠.

하루키 후카자와 시치로 씨의 『나라야마 부시코』도 그렇고.

미즈마루 스즈키 신타로 씨 책의 표지도 그렇죠.

하루키 그런 것들도 재미있어요.

미즈마루 네. 그때 말이죠, 신초샤 쪽에서 전화를 걸어서 책 제목을 알려주었어요. 그래서 우선 책상 위에서 쓱쓱 써봤죠. '반딧불이 · 헛간을 태우다 · 그 밖의 단편'이라고. 이 글자들을 다시 써보면 되겠구나 싶어 벽에다 붙여두었어요. 마감일은 점점 다가오는데, 이리저리 시도를 해봐도 결국 처음에 휘리릭 쓴 것보다 나은 게 없는 거예요. 그러니까 결국 그건 전화를 받으면서 쓴 글씨인 겁니다. 직업상 이런 얘기하면 안 될지도 모르겠지만 (웃음).

하루키 좋은 직업 같은데요(웃음).

미즈마루 하지만 정말 꽤 많이 썼어요. 몇십 장이나 쓴 것 중에서 그게 제일 좋았던 거죠.

하루키 정말일까요(웃음). 시간이 흐를수록 그 표지 느낌이 좋아져요. 문고본으로 만들면 좋을 것 같아요, 그 표지 그림은. 축소하면 단행본과는 다른 분위기가 연출되어 아주 멋진 표지가 될 것 같습니다.

미즈마루 글자로만 표지를 만들어달라는 얘기를 들었을 때, 내 글씨가 좀 요상하기는 하지만 해보고 싶다는 생각이 들었죠.

하루키 무척 좋은 글씨체입니다. 저는 좋아해요…… 그러고 난 다음 뭘 했죠. 『무라카미 아사히도』였던가, 그 일본적인.

미즈마루 음, 그 찻잔. 난 찻잔이나 찻주전자의 모양을 무척 좋아해서 말이죠. 특히 찻주전자는 어느 쪽에서 보더라도 모양이 정돈되어 있잖아요. 바로 거기에 일본의 아름다움이 담겨 있고요.

하루키 그 찻잔 그림, 저한테 주셨죠.

미즈마루 『무라카미 아사히도』란 수필집은 왠지 찻잔이 어울릴 것 같아서 그려봤는데, 오래된 전통과자점이랄까……

하루키 그런 제목에 그런 그림이니, 무슨 책인지 모르겠다는 사람도 있었어요(웃음).

미즈마루 무슨 책이라고 생각할까요(웃음).

하루키 『중국행 슬로보트』『반딧불이』……

미즈마루 『무라카미 아사히도』, 그러고 나서……

하루키 그러고 나서 『역습』이죠.

미즈마루 『역습』은 애당초부터 '인디아나 존스' 분위기로 그릴 작정이었습니다.

하루키 그래요. 그 에세이집은 『무라카미 아사히도의 역습』* 이란 제목을 붙였을 때부터 그 길밖에 없다고 생각했죠. 이른바 스필버그 노선.

미즈마루 그 그림, 채찍이 있는 부분에 글자가 들어가면 복잡해지니까 채찍을 권총으로 바꿔달라고 편집자가 말했을 때는 참 난처했는데 말입니다(웃음).

하루키 그랬죠. 채찍이 아니면 아무런 의미도 없으니까요(웃음).

미즈마루 서부극이 되어버리니까(웃음).

하루키 그래도 난 그 그림이 좋아서, 원화를 받아 액자를 만들 생각입니다.

---

* 국내에는 『세일러복을 입은 연필』로 번역 출간.

11
Shell
SHELL
PRO
11
STOCK

장지문 그림 사건 · 고양이의 습격

하루키 원화 하면 장지문 그림 사건이 있었죠.

미즈마루 네, 장지문 그림 사건요(웃음).

하루키 음, 얼마 전에 새로 집을 지었는데 다다미방도 만들었어요. 족자랑 장지문 그림을 부탁하려고, 새하얀 장지문을 준비해놓고 미즈마루 씨를 초대했죠. 그리고 자, 그럼 부탁드리겠습니다, 했더니 양동이에 물을 담아서 신문지와 함께 갖다달라고 하는 겁니다. 신문지는 다다미에 물감이 묻지 않도록 바닥에 깔고, 양동이 물은 붓을 씻는 데 쓰겠다고요. 그러고는 문을 닫고 잠시 혼자 있게 해달라기에 아, 알겠습니다 하고 물러나 있는데, 삼십 분이 지나도 아무런 기척이 없는 거예요. 그래서 뭐 이상이 있나 하고 문을 열어봤더니, 신문을 읽고 있지 뭐예요. 바닥에 깔겠다던 신문을(웃음). 아무것도 안 하고. 그게 장지문 그림 사건의 전말입니다(웃음).

미즈마루 와, 사실 장지문에 그림을 그리는 건 처음이었어요. 그래서 무라카미 씨가 얘기했을 때 좋다고 대답은 했지만 막상 그리려고 하니, 실수를 해서는 안 되겠고 참 큰일났다 싶었습니다. 하긴 뭐 그냥 쓱싹 그리면 되잖겠느냐는 기분도 들었지만(웃음). 아무튼 처음에는 제법 폼을 잡느라고 종이는 어떤 종이냐고 묻기까지 했어요. 그랬더니 무라카미 씨가 종이를 보내주었죠(웃음).

하루키 그래요, 종이 견본을(웃음).

미즈마루 그러다보니 점점 더 부담스러워져서(웃음). 그래서 집에서 그 종이를 시험삼아 써보았어요. 제법 붓이 매끈하게 나가는 게 질이 좋더군요.

하루키 그거 좋은 종이예요. 장지문에 쓰려고 일부러 고른 겁니다.

미즈마루 그림 그리기에도 좋은 종이였고, 실제로 보러 갔더니 방도 상당히 잘 지어졌고, 게다가 막 그리려 하니 천둥이 치고, 우박이 쏟아지고, 극적인 날씨까지 겹쳐서(웃음). 그런 상태에서 그림을 그린다는 게 어쩐지 부끄럽고, 더구나 사람들이 보고 있으면 더 그렇잖아요. 무라카미 씨가 그런 내 마음을 헤아리고는 신문지를 갖다주고 날 혼자 두긴 했는데, 너무 빨리 그려버려도 왠지 좀 미안한 생각이 들 것 같고 말이죠. 잠시 신문을 뒤적거리고 있는데 마침 주니치 드래곤스가 3연승한 야구 기사가 실려 있기에 읽고 있었더니(웃음)…… 그 신문 어디선가 얻어온 거죠?

하루키 네, 맞아요.

미즈마루 날짜가 죽 이어져 있어 찾아보니 기사 내용이 계속

이어지는 거예요. 그걸 읽다가 들키고 말았죠(웃음).

하루키 처음에는 자기는 두루미처럼 깃털을 뽑아서 그림을 그리니까 누가 보고 있으면 그릴 수 없다고 했죠. 보러 갔더니 아니나 다를까, 신문만 읽고 아무것도 안 했더라고요(웃음). 그러고는 딱 오 분 만에 그림을 완성했죠. 오 분 만에 완성하다니 굉장해요. 말이 장지문 네 짝이죠. 배짱인지, 얼렁뚱땅인지(웃음).

미즈마루 집중력 아니겠어요(웃음). 신문을 읽으며 기분을 차분하게 가라앉히길 잘했죠(웃음).

하루키 그럴까요(웃음).

미즈마루 단, 시간은 얼마 안 걸렸지만……

하루키 딱 오 분입니다(웃음).

미즈마루 땀은 한 10킬로미터 뛰었을 때만큼 흘렸죠.

하루키 난 못 봤거든요, 그 땀.

미즈마루 내가 감췄으니까.

하루키 그걸 보여줬더라면 그래도 조금은 뭐라 할말이 있을 텐데(웃음).

미즈마루 그렇게 흘리는 땀은 아주 상쾌한 법이죠.

하루키 그리고 그후에 고양이의 습격이 있었죠. 미즈마루 씨는 개나 고양이를 싫어하는데.

미즈마루 내 행동을 감시하려고 무라카미 씨가 샴고양이를……

하루키 고양이를 풀어놨죠(웃음).

미즈마루 '고양이 풀어주기'*(웃음). 참, 그때 무라카미 씨를 부른 그 목소리는 내가 들어도 창피했습니다. 거의 비명에 가까운 소리를 질러댔으니.

하루키 곰이라도 습격했나 했더니, 고양이가 달라붙어 재롱을 피우고 있었죠(웃음).

미즈마루 아무튼 장지문 그림은 꽤 좋은 거더군요. 자주 그리고 싶은 마음은 없지만, 한번 해보니 기분이 아주 좋았습니다.

하루키 족자는 사과와 바나나 그림이었죠. 원래는 태양과 달인데 내가 사과와 바나나냐고 했더니 그렇게 통해서(웃음).

미즈마루 그 그림은 작업실에서 그린 건데, 역시 몇 장이나 그렸습니다. 그중에서 내가 고르고 고른 가장 좋은 그림입니다.

하루키 그 그림 정말 좋아요. 얼마 전 둘이 온천에 가서 묵었던 그 여관방의 족자 그림과 선이 아주 흡사해요. 한 유명한 화가가 여든몇 살에 깨달음을 얻어 경지에 도달했다는 바로 그 그림. 그것과 선이 똑같았죠. 마흔몇 살에 깨달으면 안 되는데 말이에요(웃음).

미즈마루 그건 원이었죠. 태양이었던가. 새카만 먹으로, 상당

* 무라카미 하루키의 번역서 중 존 어빙의 『곰 풀어주기』라는 작품이 있다.

히 성실하게 그린 그림이었어요.

하루키 옛날 르네상스 시절에 유명한 화가가 왕후 귀족의 부름을 받아서 둥그렇게 원만 그려놓고는 돌아왔다는데, 그 원이 완벽한 원이더랍니다.

미즈마루 완벽한 원.

하루키 음, 미즈마루 씨도 그 경지군요.

미즈마루 원밖에 그릴 줄 모르는 건 아닌지(웃음).

하루키 미즈마루의 원, 그걸로 유명해지는 건 아닌지(웃음).

『코끼리 공장의 해피엔드』

하루키 『코끼리 공장의 해피엔드』는 그림과 글이 전혀 무관하죠.

미즈마루 그림책 같은 걸 내보지 않겠느냐는 권유를 받았는데, 난 아무래도 내 '화집'은 내고 싶지 않아서 말이죠. 그래서 누구와 함께 작업하면 어떨까 싶어 무라카미 씨에게 전화를 걸었더니 좋다고 해서.

하루키 나 역시 에세이집을 내지 않겠느냐는 얘기가 있었는데, 부끄러워서 싫었습니다. 소설이 본업이라는 생각이 있는데다, 여러 작가들의 에세이집이 '주옥같은 수필'이라는 식으로들 나오잖아요. 그게 싫어서. 그래서 누구와 함께 작업하면 좋겠다 싶었죠(웃음).

미즈마루 그 기분 충분히 이해가 갑니다. 나도 내가 일러스트레이터라는 생각이 있으니까 '화집'이란 말이 어쩐지 멋쩍어서. 책은 작업을 순전히 따로따로 했죠.

하루키 두세 편 새로 쓴 게 있어요. 「커티삭 자신을 위한 광고」와 「A DAY in THE LIFE」. 아, 「마이 네임 이즈 아처」도 미발표작입니다. 발표할 데가 없어서 남아도는 원고가 몇 편 있었는데, 그중에서 골라 넣었죠.

미즈마루 커티삭 그림은 내가 멋대로 그린 겁니다.

하루키 그랬던가요?

미즈마루 커티삭을 그리고 싶었어요. 우연의 일치죠.

하루키 아아, 그랬군요.

미즈마루 그때 무라카미 씨가 생각해둔 제목 후보가 '코끼리 공장의 해피엔드'와 '코끼리 공장의 메리 크리스마스' 두 개였죠. 그래서 내가 '메리 크리스마스'라고 하면 12월에 한정되어 버리니까 '해피엔드' 쪽으로 하면 좋겠다고 한 것 같은데.

하루키 맞아요. 마침 〈전장의 메리 크리스마스〉가 개봉된 후이기도 했고(웃음).

미즈마루 '코끼리 공장象工場'에서 앞의 두 글자를 '戰'으로 바꾸면 〈전장戰場의 메리 크리스마스〉가 되니까요(웃음). 하지만 그 중에서 무라카미 씨의 글을 읽고 그린 그림은 하나도 없습니다.

하루키 의외로 잘 맞아떨어졌군요.

미즈마루 참 신기하죠.

하루키 그러고 보면 신기한 책이에요.

미즈마루 그리 흔한 책은 아닐 듯합니다.

1986년 9월

랑게르한스섬의 오후

안자이 미즈마루 끼
— 서문을 대신하여

이 책에 실린 그림과 글은 안자이 미즈마루 씨와 제가 〈CLASSY〉라는 잡지에 이 년에 걸쳐 게재한 것들입니다. 늘 그렇듯이 미즈마루 씨와 함께 일한 건 상당히 즐거운 체험이었습니다.

나는 원칙상 늘 말짱한 정신으로 글을 쓰는데, 이 글에 미즈마루 씨의 그림이 곁들여진다 생각하면 말짱하게 있을 수 없어, 그만 어슬렁어슬렁 부엌에 가서는 위스키 온더록스를 만들어 그걸 마시면서 쓴 일도 있었다. 극단적으로 말해, 안자이 미즈마루 씨의 그림에 얹혀 있는 나의 글은 '미즈마루 끼'가 배어 있다고 해도 좋을 정도다.

그렇다면 미즈마루 끼란 대체 무엇일까?

편안한 단골 바의 카운터 자리에서 친구에게 편지 쓰는 장면을 상상해보십시오. 그 분위기가 내게는 '안자이 미즈마루 끼'다. 바에 들어가 카운터 자리에 앉는다. 바텐더와 서로 눈짓으로 인사를 주고받는다, 그리고 적당히 독한 술이 내 앞에 놓인다, 나직한 소리로 오래된 옛 음악이 흐른다. 그러다 문득 친구에게 편지가 쓰고 싶어져 노트에다 볼펜으로 '잘 지내고 있나……' 하고 쓰기 시작한다. 바로 그런 분위기입니다.

실제로 나는 누군가에게 편지를 쓰는 기분으로 여기에 실린 글들을 썼다. 언제나 문득 머리에 떠오른 것을 그대로 술술 써서는 그것을 또 그대로 봉투에 담아 미즈마루 씨에게 보냈다. 그러면 그는 그림을 그려주었다. 미즈마루 씨가 그림을 곁들여준 나의 글은 무척이나 행복한 글이다. 왜냐하면 그들은 사람을 감동시키거나 탄성을 지르게 만들 필요가 전혀 없기 때문이다. 그들은 태어난 그대로의 알몸에 '미즈마루 끼'라는 옷을 걸치고, 사뭇 상쾌하다는 듯이 그림 옆에 얌전히 자리하고 있다.

지금 이렇게 쓰고 있는 동안에도, 아직 오후 한시밖에 안 됐는데 왠지 술이 마시고 싶어진다. 골치 아픈 일입니다, 참.

1

레스토랑에서 책 읽기

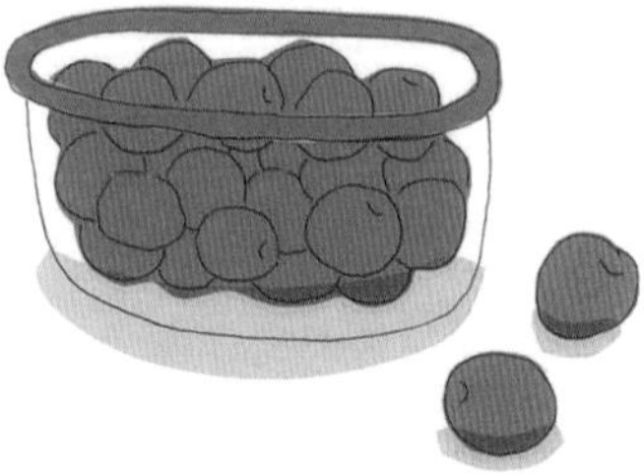

젊은층을 대상으로 하는 잡지에서 '시티 라이프 어쩌고' 하는 특집을 곧잘 꾸미는데, 솔직하게 말해 실제로 도시에 살면서 유쾌하게 생활하려는 사람들에게 그런 특집이 무슨 도움이 되겠나 싶은 생각이 종종 든다.

예를 들어, 오후 세시 반에 여자와 데이트를 하는데 롯폰기 네거리에서 갑자기 "나, 화장실에 가고 싶어"라고 하면 어디로 데려가면 좋은가. 이런 기사는 절대 그런 잡지의 특집에 실리지 않는다. 그런 현실적인 생활정보는 자신의 두 다리로 타박타박 걸어다니며 찾아서 머리에 새겨넣을 수밖에 없으니 상당히 성가시다. 그런데 이런 말단 작업을 꼼꼼히 하다보면, 때로는 생활이 생각지도 않게 매끄럽고 수월하게 흘러가게 된다.

예를 들면 음악이 나오지 않는 분위기 좋고 널찍한 찻집을 몇 군데 확보해두는 것도 중요한 일이다. 북적대는 사람들 사이를 돌아다니느라 짜증이 났을 때 이런 오아시스 같은 찻집을 찾아

느긋하게 커피를 마시고 있노라면, 뒤엉킨 실타래 같던 머릿속이 한 올 한 올 소리 없이 풀리는 것을 느낄 수 있다. 이런 찻집을 한 군데쯤 알고 있으면 누군가와 긴요한 얘기를 할 때도 편리하다. 그런 찻집에서는 쾅쾅 울려대는 스티비 원더의 〈Part-Time Lover〉에 대적하듯이 "있잖아, 이번 일요일에 시간 괜찮으면—" 하고 고함을 지르지 않아도 된다. 세련된 찻집은 얼마든지 있지만 조용한 찻집은 갑자기 찾는다고 해서 쉬 눈에 띄는 게 아니니 알아두면 은근히 쓸모가 있습니다.

시내에서 문득 책이 읽고 싶어질 때는 오후의 레스토랑이 최고다. 조용하고, 밝고, 한적하고, 푹신한 의자가 있는 레스토랑을 한 군데 확보해둔다. 와인과 가벼운 전채만 주문해도 점원이 얼굴을 찡그리지 않는 친절한 곳이 좋다. 시내에 나갔다가 시간이 남으면 서점에서 책을 한 권 사들고 그 레스토랑에 들어가 화이트 와인을 홀짝홀짝 마시며 페이지를 넘긴다. 그러면 아주 호사스럽고 한가로운 기분이 든다. 체홉 같은 작가의 책을 읽으면 무척 조화로운 풍경이 될 것 같다.

생활 속의 이런 소소한 요령은 누가 일부러 가르쳐주는 것도 아니고, 정보지에 실려 있지도 않다. 스스로 시행착오를 거듭하면서 터득하는 수밖에 없다. 그런 의미에서는 도쿄에 사나 그린란드의 설원에 사나 별 차이 없을지도 모르겠네요.

Matisse

BAND-AID
BRAND
Sheer Plasters
3D
BAND-AID
Johnson Johnson

2

브람스와 프랑스 요리

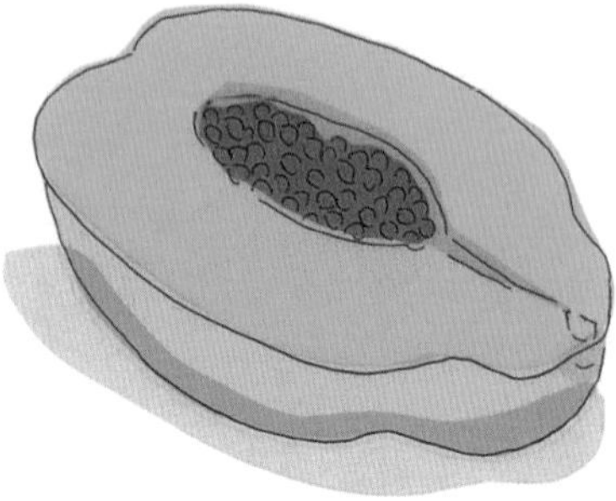

며칠 전 FM방송으로 클래식 콘서트를 듣고 있는데, 무슨 곡인지는 잊었지만 도중에 악장이 바뀌는 대목에서 누가 혼자 짝짝짝 대여섯 번 박수를 쳤다. 당사자는 상당히 부끄러웠을 것이다.

그런데 각 악장이 끝나는 대목에서 박수를 치면 안 된다는 매너는 ①도대체 누가 ②언제 ③어떤 이유로 정한 것일까? 개인적으로는 '아! 좋다' 싶으면 저도 모르게 박수를 치고 싶어지는 것이 자연스럽다고 생각하지만, 거기에는 내가 도저히 가늠할 수 없는 깊은 사정과 정당한 이유가 있는지도 모르겠다.

하기는 어떤 책에 따르면 옛날 옛날 먼 옛날에는 그렇지 않았던 모양이다. 1885년에 브람스가 교향곡 4번을 직접 지휘하여 초연했을 때, 후원자인 마이닝겐 공작의 희망에 따라 3악장을 반복해서 연주했고, 게다가 전곡이 다 끝난 후에 전곡을 다시 한 번 연주하라는 지시를 받았다고 한다. 이런 얘기는 아무리 생각해도 엉터리 같다. 이미 3악장이 끝났는데, 그것도 번듯한 콘서트홀에서 "아, 브람스 군, 방금 악장 꽤 좋았어. 다시 한번 하도록"이라니, 제아무리 후원자에다 공작이라 해도 오늘날의 감각으로 보면 언어도단이다. 그러나 그 시절에는 그런 게 통했던 것이다. 어쩌면 롯폰기에 있는 요즘 재즈 클럽에서처럼, 멋진 솔로 연주가 나오면 모두들 "오 예, 오 예!" 하고 환호했을지도 모르겠다. 꽤 신났을 것 같다.

테이블 매너에도 도대체 무슨 소린지 알 수 없는 잡다한 것이 많다. 특히 서양 요리가 그렇다. 한 십 년 전까지만 해도 격식을 갖춘 곳에서는 밥을 포크 뒷면에 얹어서 먹어야 한다는 매너가 있어 상당히 곤혹스러웠다. 그리고 고기는 꼭 한 조각씩 썰어서 입에 넣어야 한다. 그 매너도 참 성가시다. 나는 요즘에는 식사 시작 단계에서 최대한 절단 작업을 끝내고, 그다음은 나이프는 제쳐두고 포크만 오른손에 쥐고 먹는다. 매너에는 어긋나지만, 그러는 편이 훨씬 더 밥을 맛있게 먹을 수 있다. 프렌치 레스토랑에서 예쁜 여자가 포크만 가지고 식사하는 모습은 엄청나게 섹시하다. 나는 그렇게 확신한다.

ANTIQUES

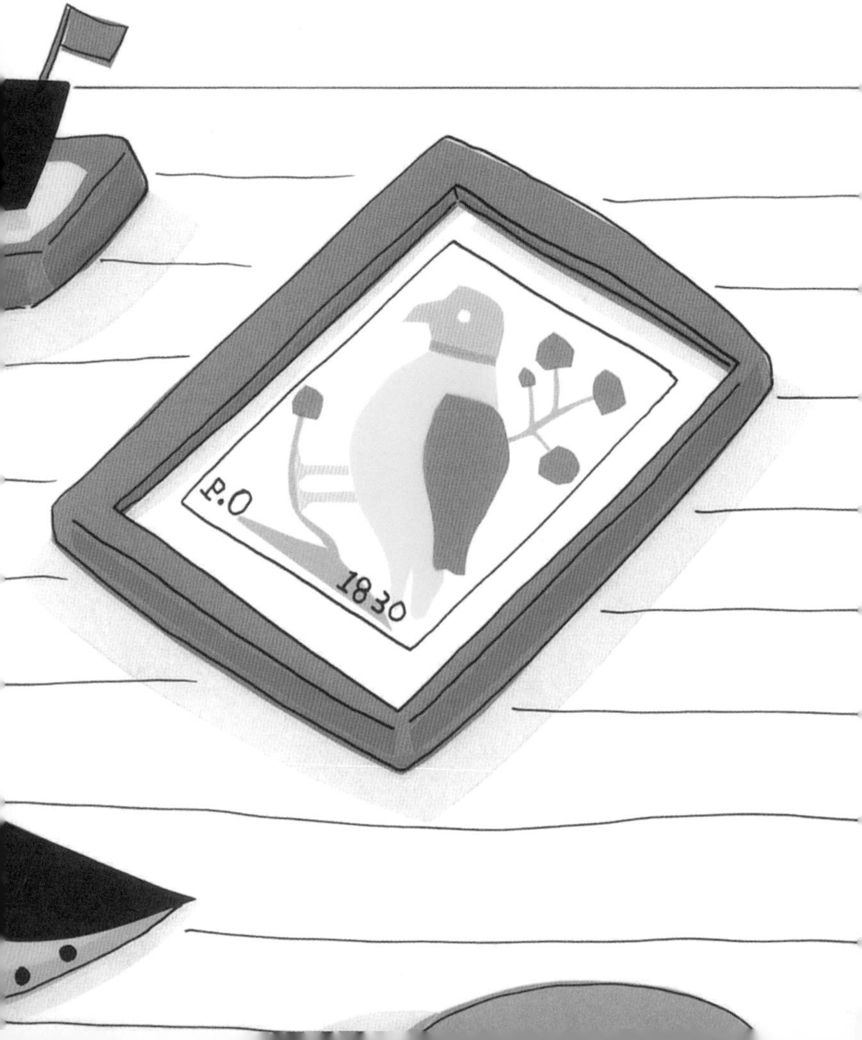
P.O
1830

3

셰이빙 크림 이야기

택시를 타고 가다가 요금을 지불하려는데 지갑 안에 공교롭게도 만 엔짜리 지폐밖에 없고, 운전사도 잔돈이 없을 때가 더러 있다. 옛날에는 그럴 때면 "담뱃가게 앞에 세워주십시오"라고 해서 담배를 사고 돈을 바꿨다. 그런데 몇 년 전 담배를 끊어서 이제는 그럴 수도 없다.

그래서 지금은 어떻게 하느냐 하면, 대개 화장품 가게 앞에다 세워달라고 한다. 그리고 셰이빙 크림을 사고 잔돈을 받아 택시 요금을 지불한다. 어째서 셰이빙 크림인가? 어째서 같은 화장품인데 샴푸나 탤컴파우더나 애프터 셰이빙 로션이나 오드콜로뉴는 안 되는가? 나도 잘 모르겠다. 딱히 이렇다 할 이유 없이 셰이빙 크림이 좋다. 그래서 나도 모르게 반사적으로 셰이빙 크림을 사고 마는 것이다.

그런 식으로 택시 요금을 지불한 것까지는 좋은데, 그후로는 온종일 셰이빙 크림을 들고 거리를 어슬렁거려야 하는 처지에 놓인다. 좀 이상한 얘기지만, 셰이빙 크림을 한 손에 들고 걷다 보면 거리가 여느 때와 좀 다르게 보인다. 권총을 주머니에 쑤셔 넣고 걸으면 거리가 여느 때와 전혀 다르게 보인다는 얘기를 어딘가에서 읽은 적이 있는데, 그 정도는 아니지만 셰이빙 크림 하나로도 조금은 다르게 느껴진다. 바에 들어가 카운터 위에다 셰이빙 크림이 든 봉투를 슬며시 올려놓고 위스키를 즐기는 것도 상당히 멋스럽다. 그게 어디에 무슨 도움이 되는 것도 아니지만.

외국에 나가면 제일 먼저 그 지역 슈퍼마켓에 뛰어들어가 셰이빙 크림을 산다. 그리고 그것을 호텔의 욕실 선반에 면도기와 칫솔과 함께 나란히 늘어놓는다. 그러면 그때야 '아아, 외국에 왔구나' 하는 실감이 든다.

내가 개인적으로 좋아하는 제품은 질레트의 '트로피컬 코코넛'이란 셰이빙 크림인데, 그것으로 면도를 하고 있노라면 한 걸음 너머가 이미 와이키키 해변인 듯한 기분이 든다.

4

여름날의 어둠

먼 옛날, 내가 아직 학생이고 틈만 생기면 침낭을 둘러메고 혼자 여행하며 돌아다니던 시절, 여행지의 사람들로부터 수많은 이야기를 들었다. 재미있는 이야기, 무서운 이야기, 기묘한 이야기…… 하나같이 그 지방의 역사나 지형, 기후와 밀접하게 연결된 이야기들이었다. 두 다리로 직접 마을과 동네를 하나하나 돌다보면, 하나하나의 장소에 사람들의 정념이 미세한 비늘처럼 들러붙어 있음을 알 수 있다. 그런 것들은 비행기나 신칸센이나 자동차를 타고 바삐 돌아다니는 여행자의 눈에는 도저히 들어오지 않는다. 먼지를 뒤집어쓰고 땀범벅이 되어가며, 미련스러울 정도로 며칠이고 터벅터벅 걸어야 조금씩 눈에 보인다.

어느 산중에서 한 노인이 내게 '죽은 자의 길' 이야기를 해주었다. '죽은 자의 길'이란 죽은 자의 혼이 저승으로 향하는 길을 일컫는 것으로, 모든 물이 강줄기를 따라 바다로 흘러드는 것과 마찬가지로 한 치의 오차 없이 정해져 있다고 한다. 그리고 신성한 길이므로 사람은 되도록 접근해서는 안 된다고.

“그 길이 죽은 자의 길이란 걸 어떻게 알 수 있죠?” 나는 노인에게 물어보았다. 까딱 잘못해서 그런 길가에서 노숙을 했다가는 큰일 아닌가.

“추우니까 금방 알 수 있어. 한여름에도 등줄기가 얼어붙을 것처럼 서늘하지. 혼이 그 길을 걸을 때는 말이야.”

그래서 나는 개인적으로 여름밤은 더워서 좋다고 생각한다. 여름은 더운 게 당연하고, 또 그래야 가장 평화롭다.

그런데 때로 의아하게 생각하는 건데, 도시 한복판에서 숨을 거둔 사람들은 어떤 길을 더듬어 사자의 나라로 향할까? 빌딩 그림자를 따라, 지하철 선로의 어둠에 뒤섞여, 또는 빗물과 함께 하수도로 스며들어 소리도 없이 도시를 가로지르는 것일까? 나는 잘 모르겠다. 그러나 나는 지금도 그 노인의 말을 되새기면서, 때로 지하철의 맨 앞 차량에 서서 뒤로 밀려가는 어둠을 지그시 바라볼 때가 있다.

옛 넋의
아물거림 같은
여름날의 어둠

5

여고생의 지각에 대하여

나는 비교적 시간에 깐깐한 편이라서, 어지간해서는 약속 시간에 늦지 않는다. 그렇다고 옛날부터 그랬던 것은 아니다. 학생 시절에는 상습 지각생이었고, 사람을 기다리게 해놓고도 태연했다. 그런데 대학을 졸업한 후 장사를 시작해 남에게 '절대 지각하지 말도록'이라고 명령하는 입장이 된 뒤로는 나 자신의 지각병도 깨끗이 사라졌다. 지각하지 말라고 주의를 준 당사자가 지각을 해서야 누가 그 사람의 말을 듣겠는가.

꼭 그래서는 아니지만, 나는 개인적으로 학생 때는 좀 지각을 해도 별 상관 없지 않나 생각한다. 학교에 가는 시간이 좀 늦었다 한들, 별 재미도 없는 수업의 앞부분을 좀 못 들었다 한들, 그런 것은 손해라고 안타까워할 거리도 못 된다. 필요에 따라 여러 가지 버릇이나 습관을 교정하는 것은 사회에 나간 뒤 시작해도 충분하다.

내가 가끔 머무는 도쿄 도내의 호텔 창문 아래로 여자 고등학교의 정문이 내려다보인다. 아침에 일어나 샤워를 하고 식사를 한 후 한숨 돌리고 있노라면 대개 이 고등학교의 등교 시간이다. 똑같은 검은색 가방을 들고 세일러복을 입은 여자애들이 줄줄이 걸어와 교문 안으로 빨려들어가는 광경이 보인다. 한참 구경하다보면 차츰 여자애들이 종종거리며 길을 달려온다. 이윽고 운명의 종소리가 울리고, 교문이 끼익 소리를 내며 닫힌다. 트레이너 차림의 심술궂게 생긴 선생이 문 옆에 서서 지각한 여자애들에게 일일이 훈시하며 이름을 적는다.

그러나 개중에는 '지각생이란 딱지를 호락호락 붙일 성싶으냐'는 발상을 하는 용감한 여고생이 반드시 있다. 그런 여자애는 교문 가까이에 있는 전봇대 뒤에 숨어 사태를 관망하다가 트레이너 차림의 선생이 잠시 한눈파는 틈을 타, 날쌘 토끼처럼 길을 가로질러 이웃집 담으로 뛰어올라서는, 살살 그 담을 타고 그대로 학교 안으로 뛰어내린다. 그러고는 치맛자락을 탁탁 털고, 시침 뚝 뗀 얼굴로 교실로 들어간다. 용기와 판단력과 체력을 모두 갖추지 않고는 도저히 불가능한 아슬아슬한 재주다. 이런 장면을 보면, 나는 호텔 4층의 창가에서 나도 모르게 짝짝 박수를 치고, 그날 하루를 즐거운 기분으로 보낸다.

그런 까닭에 나는 그 여고가 내려다보이는 호텔을 제법 좋아한다.

POST

6

지갑 속의 사진

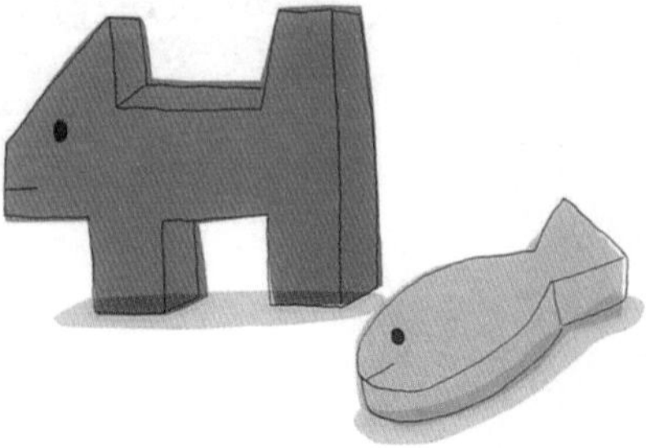

얼마 전 오랜만에 옛 친구를 만나 세상 얘기를 하며 술을 마시고 있으려니, 그 친구가 느닷없이 지갑에서 젊은 여자의 사진을 꺼내 보여주었다. '대체 누구일까?' 하고 궁금해하는데 새 애인이라고 한다. 꽤 귀염성 있게 생겼다. 덧붙여 그는 나와 동갑이고, 독신이다.

"어때, 싱싱하지?" 그는 말한다.

"음, 그렇네. 젊은걸."

"후후후, 열여덟이야, 열여덟" 하고 그는 사뭇 유쾌하다는 듯 강조한다.

꽤나 행복하게 사는 것 같아 보여 나도 즐거운 일이라고 생각하지만, 암만 그래도 지갑에다 자기 나이의 절반 정도밖에 안 되는 애인의 사진을 넣어다닌다니 굉장하다. 신나 보인다.

하긴 이런 사람은 정말 특수한 예이고—이 세상에 이런 사람만 득실거린다면 내 머리가 이상해질 것이다—나 정도 나이가 되면 대개는 지갑에다 자식 사진을 넣어다닌다. 그러다 오랜만에 만나면 내게 보여준다. 벌써 첫째가 초등학교 3학년이 된 친구도 있다.

"아홉 살이야, 아홉 살" 하며 그 역시 즐거운 표정이다.

성격이 상당히 다른 이 두 가지 예를 딱 겹쳐놓고 종합해보면, 나도 꽤 나이를 먹었구나 하는 실감이 든다. 독신자는 독신자 나름으로, 처자식을 거느린 자는 또 그 나름으로 나이를 먹어 아저씨가 되어가는 것이다.

나처럼 회사에 다니지도 않고 자식도 없는 처지에 있다보면 자기 나이에 대한 정상적인 감각이 점점 사라지고 만다. 어떤 부분은 어린애처럼 퇴보하고, 또 어떤 부분은 영감쟁이처럼 노쇠해버린다. 그래서 가끔 옛 친구들을 만나면 새삼스레 이런저런 것들이 실감나는 것이다.

그건 그렇고, 내 지갑에는 누구의 사진도 들어 있지 않다. 자식도 없고, 행여 젊은 여자 사진을 넣고 다녔다가는 여러모로 어려운 문제가 발생할 것이기 때문이다. 그렇다고 아내의 사진을 넣어두는 것도 어째 좀 떨떠름한 기분이 든다. "이 사람 우리 아내야. 서른××살" 하는 소리는 도저히 못할 것 같다. 난처한 일이다. 뭐 그럴 일까지는 아닌가.

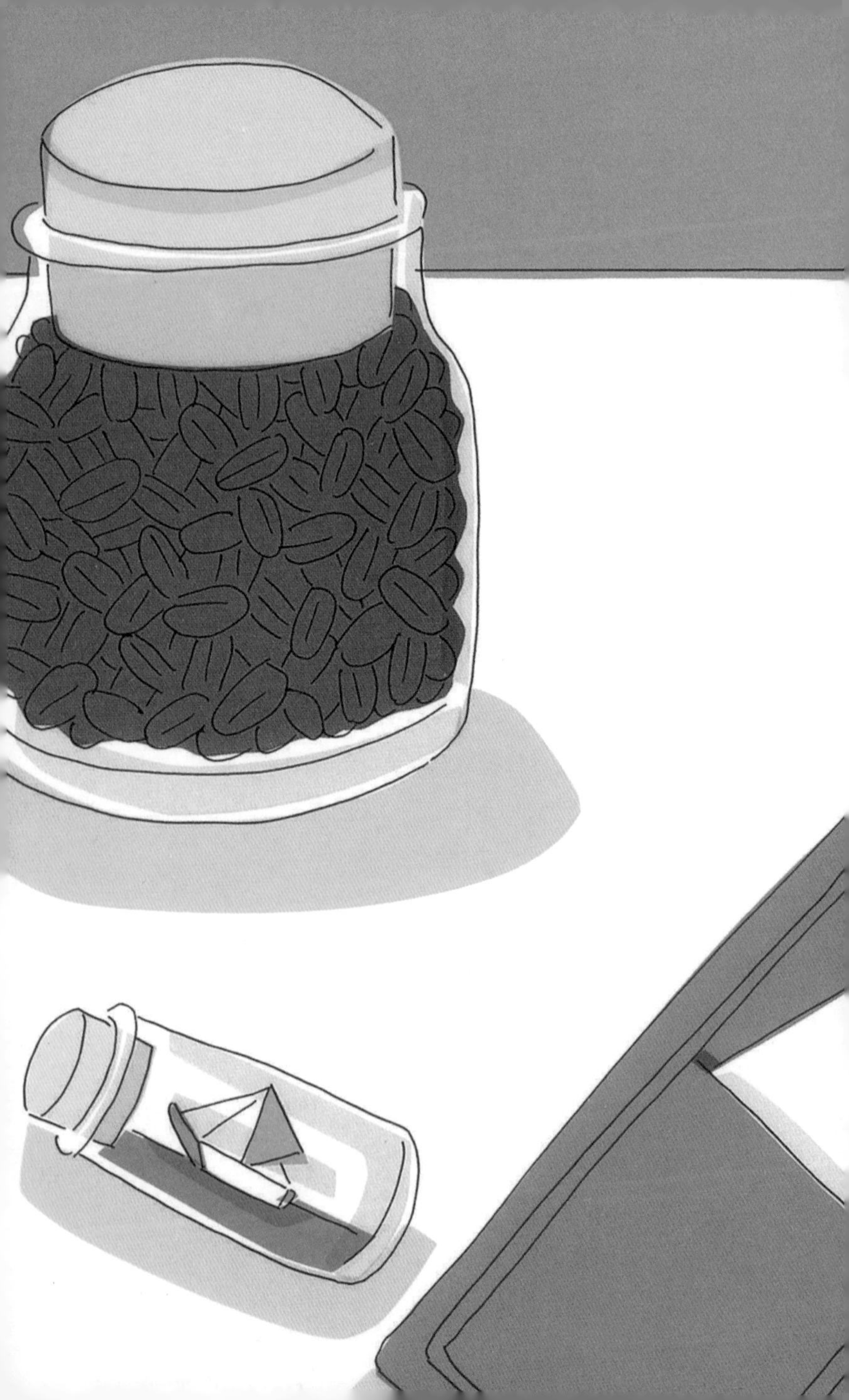

7

모두 함께 지도를 그리자

나는 지도 그리기를 무척 좋아한다. 그래서 "댁으로 찾아뵙고 싶은데요, 대강 지도를 좀 그려주시면……" 하는 말을 들으면 신나서 쓱쓱 그린다. 음, 그러니까 버스에서 내리면 여기에 커다란 해바라기가 피어 있거든요, 그 옆에 대문이 이렇게 생긴 집이 있는데, 그 앞을 곧바로 지나서 '모리나가 균질우유'란 간판을 끼고 왼쪽으로 돌아서, 하고는 하염없이 자세하게 그려넣는다. 원고 청탁 같으면 "지금 좀 바빠서요, 죄송합니다"라고 거절할 텐데, 지도만은 공을 들여 꼼꼼히 그리니 알 수 없는 노릇이다.

글씨도 잘 쓰고 못 쓰고가 있듯, 지도를 그리는 데도 역시 잘 그리고 못 그리고가 있다. 서툴게 그린 지도란 그야말로 재앙이나 다름없다. 못 그린 지도의 3대 요소를 항목별로 요약하면 이렇다.

①균형이 잡혀 있지 않다. 즉 도로의 폭이라든가 거리의 상대적 비율이 엉터리.

②기억이 선명하지 못하다. 음, 두번째 골목 오른쪽이었던가, 세번째였던가…… 하는 식이다.

③포인트가 빠져 있다. 제일 눈에 잘 띄는 표지가 전혀 표시되어 있지 않다.

이런 지도를 들고 미지의 땅을 걷는 날에는 도무지 짜증이 나 견딜 수 없다. 혼자니까 망정이지, 만약 콜럼버스였다면 부하들이 반란을 일으키고도 남을 것이다.

평소에 늘 하는 생각인데, 펜글씨 교실이니 서예 교실이니 하는 곳이 이렇게 세상에 널렸는데 그중 한 군데쯤은 '지도 그리기 교실'이란 곳이 있어도 좋지 않을까 싶다. 그런 곳에서 착실하게 지도 그리는 법을 터득한 여자가 회사에 들어가 무슨 지도를 그려야 할 기회가 있을 때마다 "아, 지도라면 총무과에 있는 사토에게 부탁해. 지도 하나는 야무지게 잘 그리니까"라고 칭찬을 듣는 장면을 상상하면, 어쩐지 마음이 훈훈해진다. 내 사고방식은 다소 편견을 포함하고 있으니 그다지 일반적인 감각이라고는 할 수 없지만, 지도를 멋지게 그리는 여자가 가까이에 있다면 나도 모르게 사랑하고 말 듯한 기분이 들 정도다.

나는 한번 가상의 마을을 그린 지도를 바탕으로 소설을 쓴 적이 있는데, 상당히 즐거운 작업이었다. 안자이 미즈마루 씨도 지도나 설명도를 그리는 데 명수지요.

BILL

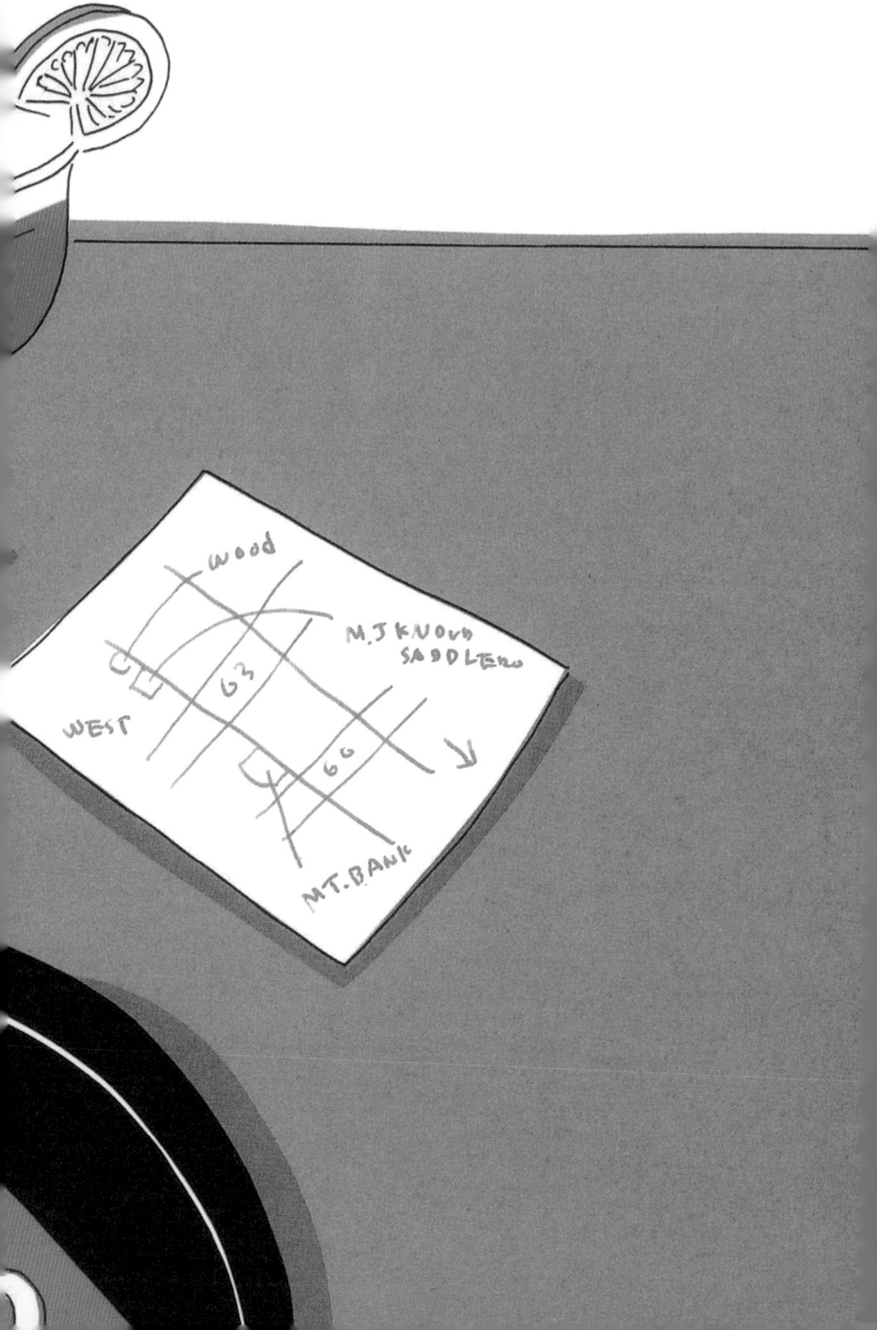
wood
63
WEST
60
MT.BANK

8

ONE STEP DOWN

나는 이름 붙이기를 좋아한다. 특히 새로 문을 여는 가게나 새로 창간되는 잡지에 이름을 붙이는 것이 재미있다. 그러나 어디까지나 동료들끼리 "야, ××가 좋아"라든지 "그런 이름을 어떻게 붙여? 촌스럽게"라며 떠들썩하게 주고받는 게 재미있다는 것이지, 실제로 "무라카미 씨, 우리 가게 이름 좀 붙여주십시오"란 부탁을 받으면, 역시 어렵다.

나는 오래전, 소설가가 되기 전에 술집 비슷한 것을 운영했는데, 그때는 그냥 옛날에 길렀던 고양이 이름을 가게 이름으로 썼다. 가게 이름 같은 건 크게 궁리하고 고민할 필요 없이 주변을 한번 휘 둘러보고 눈에 띄는 걸로 부담 없이 붙이는 게 가장 좋은 것 같다. 필요 이상으로 심각한 이름을 붙이면 손님이 보기에도 숨이 막힐 듯 답답할 것이다. 나는 다음에 가게를 내면 '캥거

루 통신'이란 이름을 붙여야지 생각했는데, 계획이 무산되어 그 이름은 단편집 제목으로 써먹었다. 적당주의라면 적당주의다. 술가게 이름을 책 제목으로 한 셈이니까.

워싱턴 D.C.에 'ONE STEP DOWN'이란 이름의 재즈 클럽이 있다. 나는 처음 그 가게 이름을 보았을 때부터 저게 대체 무슨 뜻인지 무척 궁금했는데, 어느 날 밤 내가 좋아하는 마크 머피라는 가수의 콘서트가 거기서 열린다기에 가보기로 했다. 그리고 주인을 붙들고 가게 이름이 어디서 유래한 건지 물어보기로 했다. 하지만 결국 그런 질문은 할 필요가 없었다. 가게에 한 발짝 발을 들여놓으면 그 유래가 확연하게 드러나기 때문이다. 요컨대 문을 열고 한 걸음 내디디면, 한 계단 더 내려가도록 돼 있는 것이다. 덕분에 나는 보기 좋게 나뒹굴고 말았다. 그런 이름을 붙이기보다 문에다 '요주의'라고 써붙이는 게 손님 입장에서는 훨씬 좋을 텐데 말이다.

그러나 한편 'ONE STEP DOWN'은 좁고 지저분하기는 해도 친밀감이 느껴지는, 차분하고 분위기 있는 재즈 클럽이었다. 성미가 꽤 까다로울 성싶은 아저씨가 무미건조한 얼굴로 카운터 안쪽에서 샌드위치를 만들고 있었다. 마크 머피의 라이브를 무대 바로 앞자리에서 듣고, 맥주를 두 병 마시고, 그러고도 12달러밖에 안 된다는 건 신나는 일이었다.

ガルー日和
村上春樹
絵 佐々木マキ

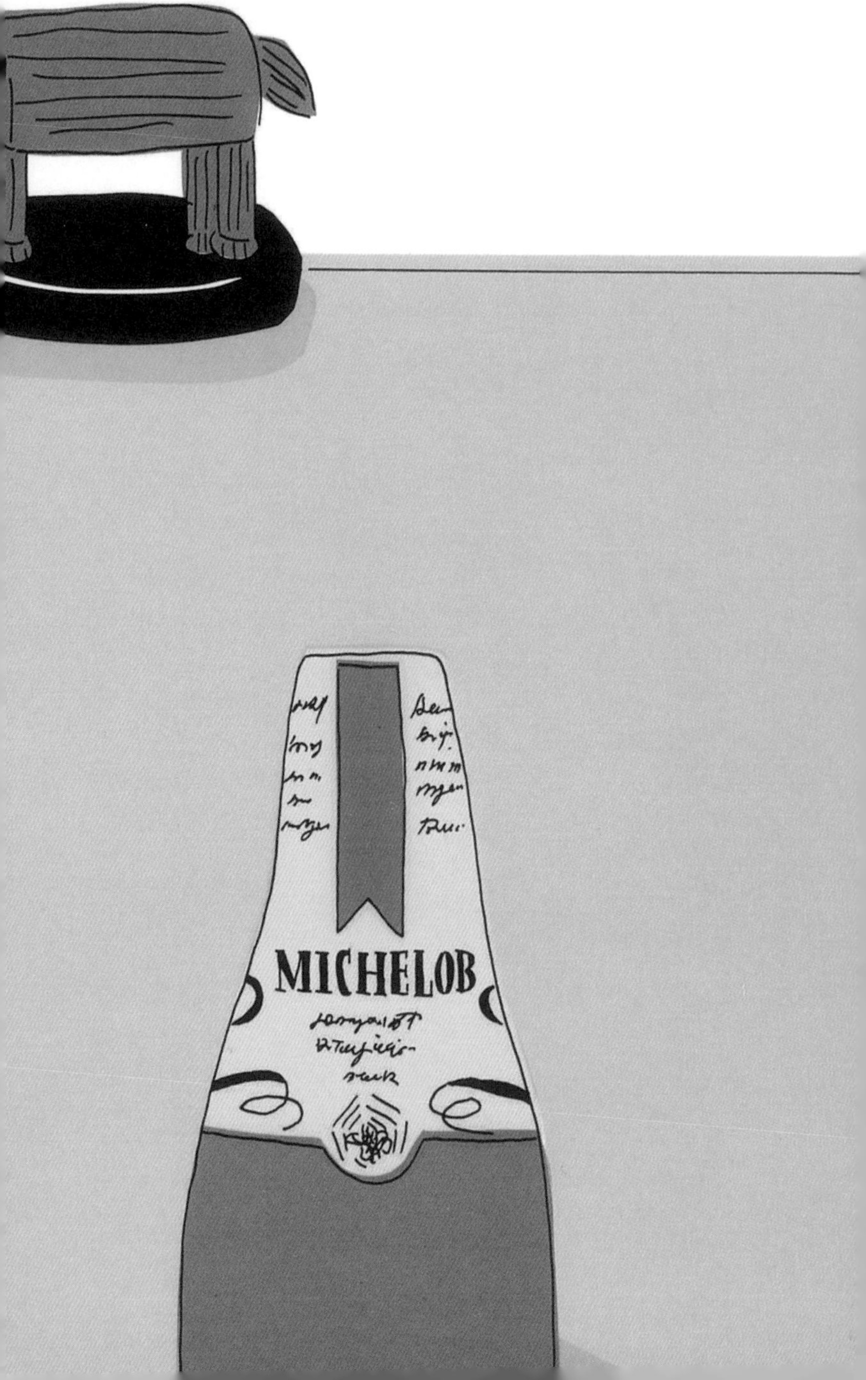
MICHELOB

9

세면실에서의 악몽

학생 시절 같은 반 친구가 "넌 늘 무슨 생각에 빠져 있는 것 같은데, 무슨 고민거리라도 있냐?"라고 해서 깜짝 놀란 적이 있다. 나는 교실에서 무언가를 골똘히 생각한 기억이 전혀 없기 때문이다. 그러고 보니 그 무렵부터 나의 '멍한' 증상은 시작되었다.

지금도 — 이전보다 더욱 — 자주 나는 '멍한' 상태에 빠지곤 한다. 그나마 타인과 함께 있으면 긴장을 하니까 그런 일이 거의 없지만, 혼자 있게 되면 몇 분 정도는 의식이 공백 상태에 빠지고 만다. 특히 욕실이나 세면실에서 그 증세가 심하다. 뭐가 좀 이상하다 싶어서 보면 머리빗에다 치약을 묻혀 이를 닦고 있는 것은 다반사, 칫솔에다 샴푸를 묻히는 일까지 있다.

세 번에 한 번은 린스로 머리를 감은 후 샴푸로 헹구고, 턱에다 셰이빙 크림을 발랐다가 수염은 깎지 않은 채 그대로 씻어내고 외출하는 일도 있다. 소변을 보려고 화장실에 가서는 목욕하려는 줄 착각하고 옷을 전부 벗어버린 일도 있다. 그것도 한참 시간이 지나기까지, 대체 무슨 엉뚱한 짓을 하고 있는지 전혀 의식하지 못한다.

그리고 또 아무 의미 없는 무언가를 무의식적으로 빤히 쳐다보는 일도 있다. 문득 정신을 차리고 '아니, 왜 이런 걸 이렇게 열심히 보고 있지?' 하고 이상하게 생각하지만 보고 있는 동안에는 아무런 의식이 없다. 전에는 지하철역에서 몸매 보정 팬티인지 뭔지의 포스터를 몇 분 동안이나 빤히 쳐다본 적도 있는데, 그때는 정말이지 창피했다.

이럴 때는 참 어찌해야 좋을지 난감할 뿐이다. "하루키 씨는 좀 덜렁거리는 게 귀여워!"라고 젊은 여자들로부터 찬사를 받을 정도라면 모르겠는데—그런 말을 들어본 적도 없지만—나이를 먹어서까지도 내내 이런 꼴이라면, 영락없이 노망난 노인네 아니겠는가. 그런 생각을 하면 마음이 어둡다.

그러나 나는 소설을 써서 생계를 꾸려나가는 인간인지라 이런 일종의 비사회적 행위도 예술 활동의 부산물이라고 웃어넘길 수 있으니 그나마 다행이다. 툭하면 전철을 잘못 타고, 전철표와 디스코텍 우대권을 바꿔 내는 바람에 역무원 아저씨한테 꾸지람을 듣는 외과 의사에게, 어찌 맹장 수술을 맡길 수 있으랴.

10

시계는 어떻게 늘어가는가

인생이란 시계가 늘어가는 과정에 불과하지 않을까, 하고 문득 생각할 때가 있다. 하긴 이 성찰은—성찰이랄 것도 못 되지만—세상 모든 사람에게 적용되는 건 아니고 어디까지나 내 인생의 개인적인 측면에서 생겨난 개인적인 의견이다. 보편적인 얘기는 전혀 아니에요.

지금으로부터 십오 년 전쯤, 그러니까 결혼하고 얼마 되지 않았을 때의 이야기다. 그때 우리집에는 시계라는 물건이 하나도 없었다. 물론 가난했던 탓도 있지만, 별달리 시계가 갖고 싶지도 않았다. 그럴 필요가 없었던 것이다. 날이 밝으면 고양이가 배고프다고 말 그대로 우리를 두들겨 깨웠고, 잠이 오면 알아서 잤다. 거리에 나가면 도처에 전광 시계가 있으니 불편을 느낄 이유가 없었다. 집에는 라디오도 텔레비전도 전화도 없으니 시간을 확인하려면 500미터쯤 떨어진 담뱃가게에 가서 하이라이트를 한 갑 사고 그 김에 안쪽 방에 걸린 벽시계를 힐끔 들여다보는 수밖에 없었지만, 그래도 시계가 있으면 좋겠다는 생각은 별로 들지 않았다.

지금은 손목시계에 탁상시계, 오디오 타이머 등등까지 전부 합해 열여섯 개나 되는 시계가 집에 있다. 무려 열여섯 개다. 시계 열여섯 개가 내 집 안에서 제각기 때를 알리고 있는 것이다. 십오 년 전을 생각하면 정말 거짓말 같은 생활이다.

열여섯 개 중 절반 정도는 어딘가에서 받은 것이다. 무슨 상을 받았을 때의 기념품이든지, 짤막한 원고의 사례금 대신이든지, 개인적인 선물이든지, 그런 유다. 그런 것들이 필립 K. 딕의 소설에 등장하는 엔트로피의 증대처럼 차츰차츰 쌓여온 것이다. 덕분에 온 집 안이 시계 소굴처럼 되어버렸다.

이따금 기분이 내키면 시계 열여섯 개의 시간을 일일이 맞춰놓는다. 저쪽으로 가선 바늘을 돌려 시간을 앞당기고, 이쪽에 와선 늦추고. 그러노라면 인생이란 것이 왠지 불가사의하게 여겨진다. 시계 따위 없어도 그다지 불편할 게 없었는데 말이다.

5:00
NY

11

트레이닝셔츠

1960년대 미국 영화를 보면 컷오프 트레이닝셔츠가 심심찮게 등장한다. 긴팔 트레이닝셔츠를 가위로 싹둑싹둑 잘라 칠부 소매로 만든 것이다. '자연스럽고 좋습니다. 입는 거야 아무려면 어떻습니까?'란 분위기가 잘 드러나 있어 나도 꽤 좋아했다. 하긴 그런 차림은 미국의 웨스트코스트처럼 계절에 따른 온도차가 그리 심하지 않은 곳에서나 가능하지, 일본의 기후에는 적합하지 않다. 여름철에 티셔츠 대신 입기에는 옷감이 너무 두껍고, 겨울철에는 소매가 짧아 춥다. 한번은 나도 그 흉내를 내느라 트레이닝셔츠의 소매를 싹둑 잘랐다가 몹시 후회했다. 일본에서 컷오프 트레이너에 알맞은 기후는 아주 짧은 기간밖에 존재하지 않는 것이다.

지금 나는 니혼대학 생협에서 산 트레이닝셔츠를 입고 이 원고를 쓰고 있다. 가슴에 'BEAUTIFUL CAMPUS NIHON UNIVERSITY'라고 쓰여 있다. 어째서 하필 니혼대학의 트레이너를 입고 있는가 하면, 그저 옛날에 한동안 니혼대학 이공학부 근처에 살면서 그 대학 생협에서 곧잘 물건을 샀기 때문이다. 나는 와세다 출신이지만 그렇다고 'WASEDA'란 로고가 새겨진 트레이닝셔츠를 입는 일은 절대 없다. 자기가 졸업한 대학에는 여러 가지로 애증이 엇갈리는 법이라, 아무래도 살벌한 기분이 강하다. 아무 관계 없는 대학의 셔츠를 팔락대며 입는 편이 훨씬 마음 편하다.

그런데 이 'BEAUTIFUL CAMPUS'라는 캐치프레이즈는 좀 그렇지 않은가 싶다. 캠퍼스가 아름다운 니혼대학! 이래서야 순전히 리조트 호텔 광고 같지 않은가. 대학에 캐치프레이즈 따위는 필요 없다. 나는 프린스턴이나 하버드의 생협에도 가보았지만 트레이너에는 대학 이름밖에 쓰여 있지 않았다. 그런 법이다. 뭐 남의 대학 이야기니까 아무래도 상관없지만.

그 밖에도 트레이닝셔츠에는 수많은 영어 글귀가 적혀 있다. 그중에는 너무 엉뚱한 것도 있어, 길에 나가 바라보고 있으면 상당히 재밌다. '저런 글귀는 과연 누가 생각해내는 걸까?' 하고 늘 신기하게 생각한다. 며칠 전에는 'NICE BOX 1384'라고 쓰인 트레이닝셔츠를 입은 여자를 보았는데, 박스라 함은 사서함을 뜻하는 것일까? 그러나 나이스 박스라면 일반적으로는 '성능이 좋은 여자의 성기'를 뜻할 것이다. 이런 경우는 등골이 오싹하다.

Rawlings
BIA

12

CASH AND CARRY

대부분의 남자가 그럴 것이라 생각하는데, 애인과 데이트를 하거나 아내와 길을 걷다가 제일 괴로울 때는 옷 쇼핑에 따라가야 할 때다. 한두 가게 정도면 그래도 참을 만하지만, 예닐곱 군데를 따라다녔는데 결국 한다는 말이 "아무래도 맨 처음 갔던 데로 다시 가야겠어"면 정말이지 맥이 탁 풀린다.

하기야 여자도 마찬가지로 남자가 레코드 매장이나 장난감 가게 같은 곳에서 넋을 빼고 있을 때 같이 있어야 하지 않나란 생각도 든다. 하지만 그녀들이 옷을 고를 때 보이는 집념에는 남자들이 지닌 모든 취미의 영역을 다 합쳐도 감히 따라가지 못할 정열과 치열함이 있어, 그 에너지가 때로 우리 남자들을 압도하고 경악하게 한다. 개인적인 얘기지만, 나는 어제 다이칸야마에서 시부야, 아오야마 3가를 거쳐 하라주쿠까지 걸어야 했다. 그나마 용의

주도하게 조깅화를 신었기에 다행이지만, 힐을 신고 그 먼 거리를 걷는 에너지를 집념이란 말 말고 달리 뭐라 표현할 수 있으랴.

그건 그렇고 이 세상의 부티크란 곳은 남자에게는 참 불편한 장소다. 시간 때우기도 곤란하고, 왠지 마음이 편치 않다. 사람이 많아 복잡할 때 멍하니 서 있으면 다른 손님에게 누가 되고, 그렇다고 원피스나 핸드백에 별달리 관심도 없는데 일일이 상품을 구경하며 시간을 죽일 수도 없다. 정말 난감한 노릇이다.

그런데 외국에 가면 신기하게도 그런 일이 없다. 아내의 부티크 순례에 동참하면서도 지루함을 주체 못했던 기억이 별로 없다. 그 이유는 가게 쪽에서 손님과 동행한 남자에게도 나름으로 신경 써주기 때문이라고 나는 생각한다. 샌프란시스코의 '로라 애슐리'에서는 아내가 옷을 고르는 동안 귀여운 여점원이 나를 상대하며 "도쿄에서 오셨나요? 좋은 곳인가요? 저도 가보고 싶네요. 전 뉴올리언스에서 태어났어요. 뉴올리언스에는 가보셨나요?" 등등의 얘기를 해주었고, 호놀룰루 한구석에 있는 어느 부티크에서는 소파에 앉아 쉬라고 권하며 콜라와 프레첼까지 대접해주었다. 이런 가게라면 남자 쪽에서도 또 가도 괜찮겠다는 생각이 든다. 도쿄의 부티크도 남자의 입장을 좀 염두에 두면 좋겠습니다. 남자는 단순히 CASH AND CARRY(돈 내주고 쇼핑백 들어주는 사람)가 아니라, 멀쩡한 육신을 지닌 인간이니까요.

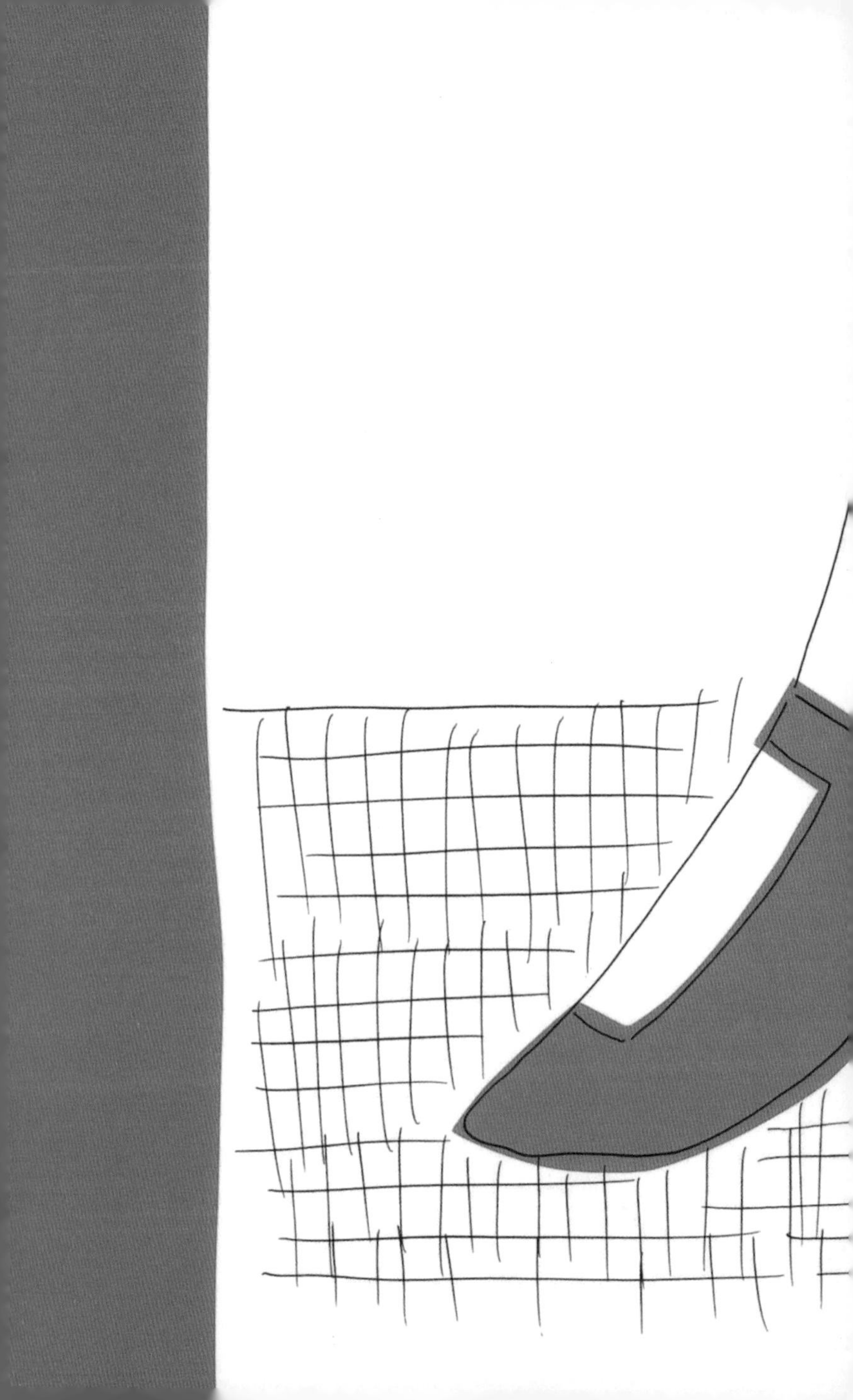

13

UFO에 대한 성찰

나는 스필버그 감독의 〈미지와의 조우〉라는 영화에 그리 감탄하지 않았는데, 그것은 영화의 완성도가 낮아서가 아니라 그저 내가 UFO에 별 흥미를 못 느끼기 때문이다. 그런대로 잘 만든 영화라고는 생각한다. 그러나 관심이 없는 것은 어쩔 수 없다. 나는 만두를 싫어하니까, 만약 만두가 주인공인 영화가 있다면 그 작품에 매기는 점수 역시 상당히 낮지 않을까 싶다. 이기적인 사고방식일지 모르겠으나 세상이란 모름지기 그런 것이다.

하긴 만두와 달리 UFO는 딱히 싫어하는 건 아니다. 거듭 말하지만 단순히 관심이 없을 뿐이다. UFO의 존재를 믿지 않는 것도 아니고, 그렇다고 믿는 것도 아니다. 누가 있다고 하면 '있나' 하고 생각하고, 없다고 하면 또 '없나' 하고 생각한다. 백지상태랄까, 어느 쪽이어도 별 상관이 없는 것이다.

내가 아는 사람 중에 UFO를 봤다고 주장하는 사람이 몇 명 있다. 그런 얘기를 들으면 "어, 그랬어" 하고 대꾸할 수밖에 없다. 그러나 그렇게 반응하면 대개 상대는 "넌 안 믿는 거지?"라며 화를 낸다. UFO의 존재를 안 믿는 게 아니고 별로 흥미 없는 일에 양자택일을 강요당하는 게 귀찮은 것뿐인데, 그런 내 마음은 설명을 해도 전혀 알아주지 않는다. 참으로 골치 아픈 일이다.

며칠 전 한 여자에게 "하루키 씨는 UFO도 못 보고 영 못쓰겠네요"라는 의미의 말을 들었다. 그런 말을 들으니 과연 그런가 싶기도 하다. 소설가로 밥벌이를 하려면 UFO 하나쯤은 봐둬야 하는지도 모르겠다. UFO나 유령 같은 걸 보면 예술가다운 관록이 붙을 것도 같다. 술자리에서 화젯거리로도 써먹을 수 있다.

뭐 그런 이유로 이래저래 생각해보았는데, 편의상 UFO나 유령을 본 경험이 있는 사람을 '예술가'로 정의하고, 그런 경험이 없는 소설가 나부랭이는 '예술 방면 활동가'라고 정의하면 어떨까? 그러면 누가 UFO에 대한 화제를 꺼냈을 때 "아, 저는 소설을 쓰고 있습니다만 '예술가'는 아니고 '예술 방면 활동가'라서 UFO 얘기에는 별 관심이 없습니다. 죄송합니다" 하고 부담 없이 사양할 수 있다. 상대방도 '그렇군, 이 작자는 '예술 방면 활동가'니까 이런 얘기 해봐야 아무 소용 없겠군' 하고 단념한다. 피차 조용하게 해결되니 그야말로 축복이 아닐까.

14

고양이의 수수께끼

인간의 성격이 다양하듯 고양이의 성격도 실로 다양하다. 나는 대체로 한가로운 생활을 하는 터라 우리집 고양이의 움직임을 종종 관찰하는데, 아무리 보고 있어도 싫증이 나지 않는다. 열 마리 고양이가 있다면 거기에는 열 가지 개성이 있고, 열 가지 버릇이 있으며, 열 가지 삶의 모습이 있다. 그야 살아 있는 생물이니까 당연할 수도 있지만, 그래도 가만히 들여다보고 있노라면 여러 가지로 신기한 게 많아 줄곧 '거참 신기하군, 신통해' 하면서 고양이를 구경하다 하루해를 다 보내기도 한다.

우리집에는 열한 살짜리 샴종 암고양이와 네 살짜리 아비시니안종 수고양이가 있는데, 성격의 복잡함이라는 측면에서 보면 나이 많은 샴고양이 쪽이 역시 한 수 위다. 우선 먹이를 주어도 곧장 입을 대는 법이 없다. 아무리 배가 고파도 '흥, 밥이냐' 하는 표정으로 휑하니 저쪽으로 가서는 한동안 꼬리를 날름날름 핥는다. 그러고는 한참이 지나 흥이 식었을 즈음에 다가가서는 '이제 먹어볼까' 하듯이 식사를 시작한다. 어째서 그렇게 일일이 거드름을 피우는 건지 나는 도무지 이해를 못하겠다.

그리고 또 추운 계절에 이불 속으로 파고들 때 반드시 세 번은 들락날락하는 습관이 있다. 우선 이불 안에 들어가 길게 누웠다가는 잠시 생각한 후, '아무래도 안 되겠다'는 양 슬며시 밖으로 나간다. 이런 과정을 세 번 되풀이하고는 네번째에야 간신히 안심하고 잠드는 것이다. 이 일련의 의식에는 대충 십 분에서 십오 분 정도 시간이 소요된다. 어떻게 생각해봐도 순전히 시간 낭비다. 고양이도 성가실 테고, 나도 이제 잠이 들락 말락 하는 와중에 자꾸 고양이가 들락날락거리니까 울컥 화가 치민다. 세상에는 '삼고三顧의 예'라는 게 있다지만, 고양이가 한밤중에 그런 의식을 치러야 할 필연성이 어디에 있단 말인가.

때때로 어째서, 어떤 이유로, 어떤 과정으로 그런 버릇이 고양이의 머릿속에 생겨나게 되었는지 진지하게 생각해본다. 고양이에게는 고양이 나름의 유아체험이 있고, 청춘기의 뜨거운 고뇌가 있고, 좌절이 있고, 갈등이 있었던 것일까? 그리고 그런 과정을 거쳐 하나의 고양이로 정체성이 성립되어, 그녀는 겨울밤에 정확하게 세 번 이불 속을 들락날락하는 것일까?

고양이에 대해서는 너무 많은 것이 수수께끼에 싸여 있다.

PL
SUN
TRAVEL

L★STA
REED'S

15

철학으로서의 온더록스

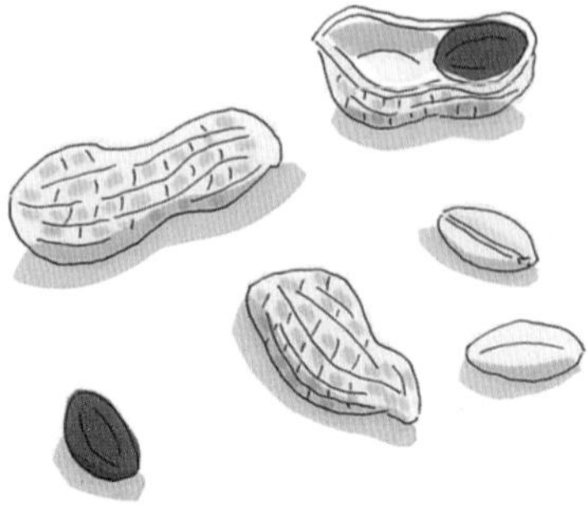

나는 학생 시절 공부를 상당히 싫어했다. 따라서 성적도 시원찮은 편이었다. 그러나 예외로 '영문 일역' 참고서를 읽는 것만은 좋아했다.

'영문 일역' 참고서의 어디가 그렇게 재미있는가, 거기에는 예문이 잔뜩 실려 있기 때문이다. 그 예문을 하나하나 읽고 외우는 것만 해도 꽤 즐거웠고, 그러다보니 나도 모르는 새 아주 자연스럽게 영어 원서를 읽을 수 있게 되었다. 학교에서 행하는 영어 교육에 무슨 불만을 토로할 생각은 없지만, 전치사니 동사변화니 하는 것들을 아무리 정확하게 외운들 책을 읽을 수는 없다.

그 무렵 외운 예문 몇 가지는 지금도 기억하고 있다. 예를 들면 서머싯 몸의 '모든 면도기에는 철학이 있다'란 구절. 앞뒤로 꽤 긴 문장이 있었지만 그것들은 다 잊었다. 요컨대 아무리 사소한 일이라도 매일 계속하다보면 절로 철학이 생겨난다는 뜻이다. 여자식으로 변형하면 '모든 립스틱에는 철학이 있다'는 얘기다.

나는 고등학생 시절 몸의 이 문장을 읽고 '으음, 인생이란 그런 것인가' 하고 꽤나 순진하게 감동하고 말았다. 그리고 어른이 되어 바의 카운터에서 일하는 동안에도, '모든 온더록스에는 철학이 있다'고 생각하면서 팔 년간 매일 온더록스를 만들었다.

그런데 정말 온더록스에 철학이 있을까. 그야 당연히 있다. 물론 세상에는 맛있는 온더록스와 맛없는 온더록스가 있을 텐데, 맛있는 온더록스에는 확실한 철학이 있다. 그까짓 온더록스, 얼음에다 위스키를 갖다 붓기만 하면 끝 아니냐고 생각할지도 모르겠으나, 얼음을 깨는 방법 하나로도 온더록스의 품위나 맛이 영 달라진다.

큰 얼음이냐 조그만 얼음이냐에 따라 녹는 속도가 다르다. 큰 얼음만 사용하면 투박해서 멋이 없고, 그렇다고 작은 얼음이 너무 많으면 금방 녹아 물이 되어버린다. 그러니까 대 중 소의 얼음을 조화롭게 섞고, 그 위에다 위스키를 따른다. 그러면 위스키가 잔 안에서 호박색의 작은 소용돌이를 일으킨다. 단, 그런 경지에 이르기까지는 상당한 세월이 소요된다.

그렇게 터득한 사소한 철학은 언젠가는 나름대로 제법 쓸모가 있을 것 같다.

DeL Mo

JELL-O
PUDDING
FILLING

16

백화점의 사계

여자들은 대개 백화점에 가기를 좋아하는 모양인데, 어찌 감추랴, 나도 백화점을 상당히 좋아한다. 동물원을 제외하면 백화점만큼 신나게 시간을 죽일 수 있는 장소도 없고, 게다가 입장료도 들지 않는다.

지금 내가 사는 동네에는 백화점이 무려 다섯 군데나 있다. 물론 교외다보니 도심처럼 규모가 크거나 상품을 고루 갖춘 것은 아니다. 하지만 집에서 한 십 분쯤 걸으면 백화점이 다섯 군데나 나온다는 것은 제법 신나는 일이라, 틈만 생기면(대체로 매일 틈이 난다) 역 앞까지 나가 백화점 산책을 즐긴다.

백화점 산책에 가장 적합한 시간대는 뭐니 뭐니 해도 평일 오전이다. 덜 붐비고, 공기도 깨끗하고, 모든 것이 '당신의 손길을 기다리고 있습니다'란 분위기로 말끔하게 정렬되어 있다. 개점 직후에는 직원들의 깍듯한 인사도 받을 수 있다. 한산한 백화점은 어딘가 모르게 식물원과 비슷하다. 어슬렁어슬렁 걸으며 상품을 보고 있노라면, '오, 수국에 슬슬 꽃망울이 맺히기 시작했는걸' '목련꽃이 싹 지고 말았군' 하는 식으로 미묘한 계절감을 맛볼 수 있기 때문이다. 여름철이 다가오면 매장 내의 장식물도 시원스러워지고, 서머드레스나 수영복, 서프보드, 끈 없는 브래지어(그런 걸 너무 빤히 보는 건 좀 그렇지만)가 눈에 띄어 '드디어 여름이구나'라는 실감이 든다. 그해 여름 에어컨이 내뿜는 서늘한 공기를 처음 만끽하는 것도 백화점 안에서다. 가을 낙엽색으로 물든 백화점도 스웨터 냄새가 물씬 풍겨 정취가 있고, 크리스마스를 앞두고 고양된 분위기는 말할 필요도 없으리라.

그리고 백화점 옥상도 꽤 재미있다. 청명한 날 벤치에 앉아 아이들과 함께 핫도그나 아이스크림을 먹거나 '제비우스' 게임을 즐기는 것도 나쁘지 않다. 비 내리는 날 우산을 쓰고 옥상을 산책하는 것도 나름 분위기가 있다. 최근에는 그럴 기회가 별로 없지만, 옛날에는 비가 오면 여자친구와 둘이서 곧잘 백화점 옥상에 갔다. 야외 테이블과 목마는 비에 젖어 있고, 주변의 풍경은 비안개가 서려 부옇다. 당연히 다른 사람은 거의 없다. 애완동물 매장에서 열대어가 평소와 다름없이 수조 안을 살랑살랑 휘젓고 다닐 뿐이다.

백화점에는 아직 발굴할 가능성이 한참 남아 있는 듯하다.

17

BUSY OFFICE

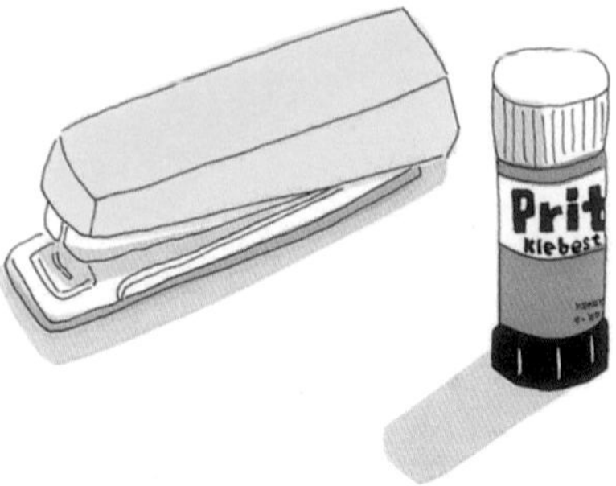

나는 태어나서 지금껏 회사라는 곳에 한 번도 다녀본 적이 없다. 그렇다고 뭐 회사 취직을 거부하며 살아온 것은 아니고, 그냥 어쩌다보니 그렇게 됐을 뿐이다. 때로 생각해보는데, 만약 인생의 구성 요소를 마커로 하나하나 색칠해 구분한다면, 그 '어쩌다보니'를 칠하는 마커는 상당히 많은 양이 필요할 것 같다.

아무튼 회사에 다녀본 적이 없는 탓에 나의 인식 영역에는 회사와 그에 따른 여러 주변적 사항이 완전히 누락되어 있다. 예를 들어 넥타이를 매고 회사에 간다는 것은 과연 어떤 기분인가? 상사와 부하는 어떤 정신적 위치관계에 있는가? 사내 연애란 어떤 것인가? 창가족*은 대체 매일 무얼 하며 지낼까? 그런 것들은

* 창가 자리의 한직으로 밀려나 일 없이 시간을 때우는 나이든 사원들.

전부 내 상상력의 테두리 밖에 있다.

회사 일로 바쁘다는 것도 잘 모르겠다. '국수 장사가 바쁘다'든가 '채소 가게 아저씨가 바쁘다'는 건 나도 실감할 수 있다. 그러나 '회사 일이 바쁘다'는 것은 도저히 이해할 수 없다.

고등학교 친구가 광고대행사 비슷한 것을 운영하고 있어 가끔씩 그 사무실에 놀러가는데, 가보면 늘 스무 명쯤 되는 사원들이 분주하게 움직이고 있다. 전화를 받는 사람도 있고, 종이에 뭐라고 메모하는 사람도 있고, 서류 봉투를 들고 밖으로 뛰어나가는 사람도 있다. 그런 광경을 보면 참 힘들겠구나 싶기는 하지만, 구체적으로 어떻게 바쁜지는 알 수 없으니 동정심까지는 일지 않는다.

사무실 풍경을 바라보고 있노라면 세상이란 정말 복잡하게 생겨먹었다는 실감이 난다. 세상이 메밀국숫집이나 채소 가게로만 구성되어 있다면 모든 사람들의 인생이 훨씬 심플해질 것이다. "아주머니, 잠깐 기다려요. 이 사람 토마토 먼저 좀 싸줄 테니까"라든지 "미안합니다. 지금 손님이 많아서 배달은 삼십 분쯤 걸립니다" 하는 정도로 얘기가 다 통하니 말이다.

내가 그 친구에게 "바쁜 모양이군"이라고 말하면 그는 "당연하지. 보면 알 거 아냐"라고 한다. 하지만 뭐가 어떻게 바쁜지는 설명해주지 않는다. 그런 것까지 설명하기에는 너무 바쁜 것이다.

18

뉴스와 시보

택시 안에서 멍하니 라디오 뉴스 같은 걸 듣다가 간혹 가슴이 철렁 내려앉을 때가 있다. 내용 때문이 아니라 아나운서의 대수롭지 않은 말투에 질겁을 하는 것이다.

예를 들면 "고속도로 1호선의 무슨무슨 인터체인지 부근 하행 차선이 트럭의 니쿠즈레肉ずれ* 때문에 3킬로미터 정도 정체하고 있다"는 뉴스를 듣고, 순간 '어떻게 트럭의 살점이 떨어져나갈 수 있나'란 생각에 잠기고 만다. 그러나 곰곰 생각해보면 그것은 분명 니쿠즈레荷崩**다. 트럭의 살점이 떨어져나가거나 오토바이가 무좀에 걸린다면 세상은 일대 혼란에 빠지고 말 것이다.

"어제, 일본과 소비에트의 시간급 협의가 행해져……"란 뉴스

---

* 살이 닳거나 살점이 떨어져나감.

** 쌓은 물건이 쏟아지거나 무너져내림.

도 있었다. 그때도 '어째서 일본과 소비에트가 시급에 대해 협의하는 걸까' 하고 골몰히 생각에 빠지고 말았다. 그러나 설명을 잘 듣고 보니 그것은 '차관급'이었다.* 세상에는 참 동음이의어도 많다. 잘못 알아듣기 십상이다.

어쩐지 우스워서 택시 뒷좌석에서 혼자 피식거렸더니 "손님, 무슨 좋은 일이라도 있었습니까?" 하고 기사가 묻는다. "예? 아뇨, 그냥" 하고 적당히 얼버무렸지만, 이런 지극히 개인적이고 사소한 재미는 사람을 제법 즐겁게 해준다.

꽤 오래전 일인데, 시보를 두 번이나 잘못 말한 아나운서가 있었다. "일곱시를 알려드리겠습니다. 죄송합니다. 여덟시입니다. 아닛, 죄송합니다. 아홉시입니다. 아홉시를 알려드리겠습니다" 란 식으로. 난 그걸 들으며 혼자서 폭소를 터뜨렸지만, 그 아나운서는 보나마나 그후 상사에게 혹독한 질책을 받았을 것이다. 어쩌면 동료들도 '일곱시 여덟시 아홉시의 ○○'란 별명을 지어주고는 그후 몇 년간 놀려대며 짓궂게 굴었을지도 모르겠다. 생각해보면 딱한 일이다. 딱한 일이기는 하지만 우습다. 이런 유의 사건이 하루에 한 번씩 주기적으로 일어나주면 인생이 꽤 즐거워질 것 같은데.

---

* 일본어에서 시간급과 차관급은 '지칸큐'로 발음이 같다.

19

소확행

최근 바지를 미국식으로 '팬츠'라 부르는 경향이 있는데, 그렇다면 그 안에 입는 팬티, 즉 종래의(좀 이상한 표현이지만) 팬츠는 뭐라 불러야 좋을지 알쏭달쏭할 때가 있다. 영어로는 언더팬츠겠지만, 그런 명칭이 확실하게 정착되어 있지 않은 일본에서는 바깥 팬츠와 속 팬츠의 혼란 상황이 그 혼미함의 도를 점점 더해가고 있다.

그런데 나는 그 '언더팬츠'를 모으는 게 — 물론 남성용입니다 — 일종의 취미다. 가끔 백화점에 가서 '저걸 살까, 이걸 살까' 하고 혼자 망설이다 대여섯 장을 한꺼번에 사들인다. 덕분에 서랍장 안에는 상당한 양의 팬츠가 쌓여 있다.

서랍 안에 반듯하게 개켜 돌돌 만 깨끗한 팬츠가 잔뜩 쌓여 있다는 것은 인생에서 작지만 확실한 행복의 하나(줄여서 소확행小確幸)가 아닐까 생각하는데, 이건 어쩌면 나만의 특이한 사고방식인지도 모르겠다. 왜냐하면 혼자 사는 독신자를 제외하고 자기 팬츠를 제 손으로 직접 사는 남자는, 적어도 내 주변에는 그리 흔치 않기 때문이다.

또 러닝셔츠도 상당히 좋아한다. 면 냄새가 풍기는 하얀 러닝셔츠를 새로 꺼내 머리부터 뀔 때의 기분 역시 소확행 중 하나다. 다만 러닝셔츠는 늘 같은 상표의 같은 물건을 한꺼번에 사니까, 팬츠와 달리 골라서 사는 즐거움은 없다.

그런데 남자의 경우 속옷이라는 장르는 기껏해야 이게 다다. 여성의 속옷이 커버하는 광대한 영역에 비하면, 마치 분양주택의 앞뜰처럼 좁고 간결하다. 오로지 팬츠와 러닝셔츠뿐이니 말이다.

때때로 속옷에 대해 생각하다보면 남자로 태어나서 다행이라는 감회에 젖는다. 만약 내가 지금의 성격 그대로 여자로 태어났다면, 두세 개 정도의 서랍에는 도저히 속옷을 다 넣을 수 없었을 테니 말이다.

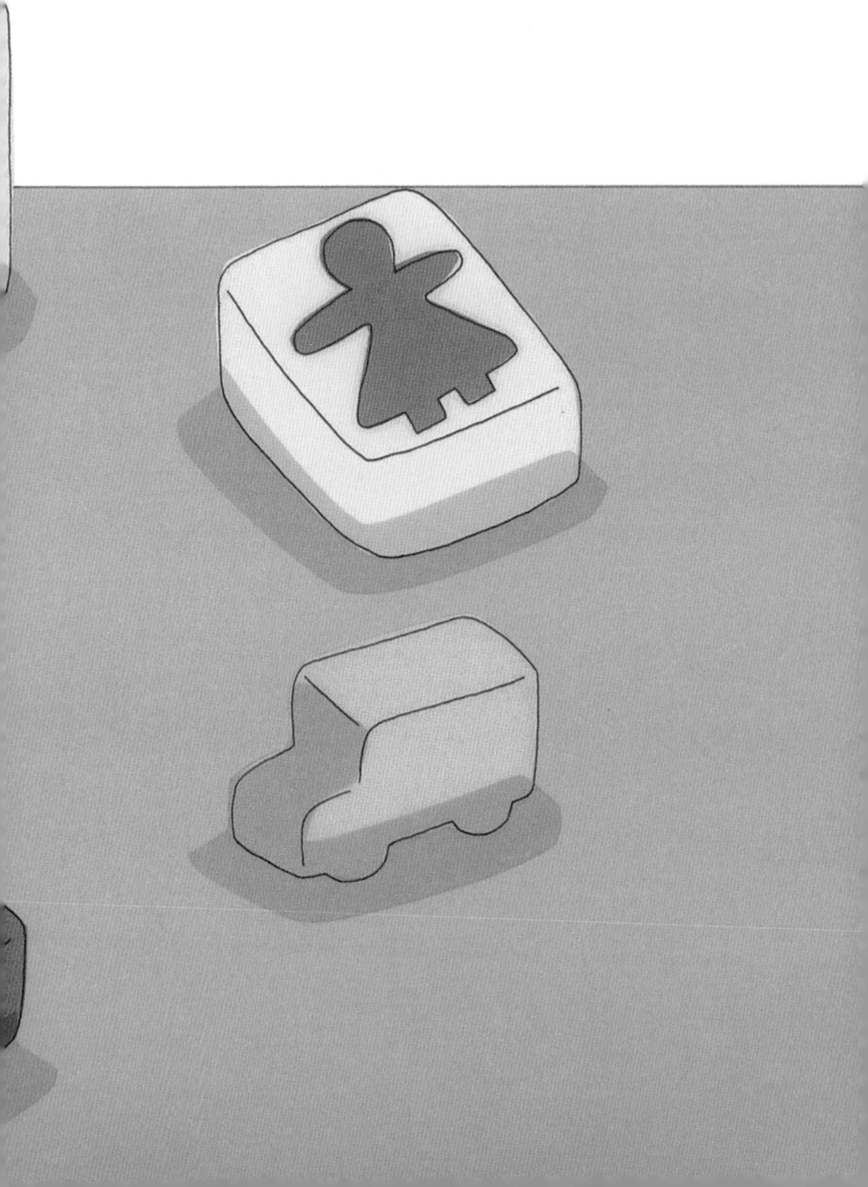

20

포도

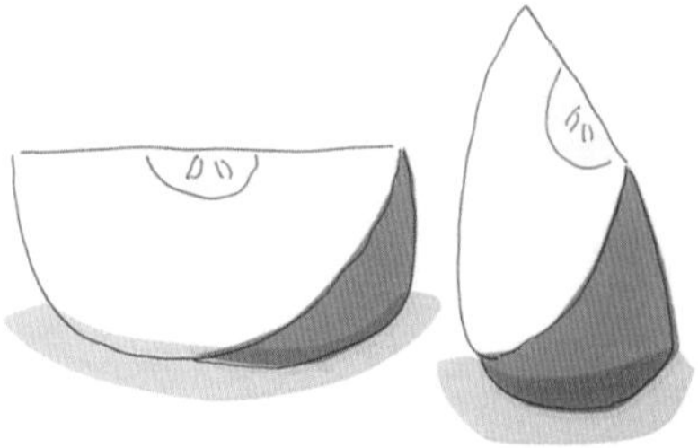

점보제트기의 추락에 비교하면 매우 작은 사고일지 모르겠으나, 몇 년 전 태풍 때문에 밤새도록 주오선 열차 안에 갇힌 적이 있었다. 저녁나절 마쓰모토에서 특급열차를 타고 오쓰키를 막 지나쳤을 무렵인데, 선로변 벼랑이 무너져내린 바람에 열차가 완전히 멈추고 만 것이다.

날이 밝고 보니 태풍은 이미 물러갔지만 선로의 복구 작업에 별다른 진척이 없어 우리는 결국 그날 오후까지 열차 안에서 시간을 보내야 했다. 나란 인간은 어차피 워낙 한가하니 도쿄에 하루이틀 늦게 돌아간들 아무런 지장이 없다. 나는 열차가 멈춰 선 조그만 마을을 산책하다가 포도 한 봉지와 필립 K. 딕의 문고본을 세 권 사들고 자리로 돌아와, 포도를 먹으며 느긋하게 책을 읽었다. 스케줄이 빡빡한 승객분께는 상당히 미안하지만 내게는 꽤나 즐거운 체험이었다. 장시간 책을 읽을 수 있지, 도시락도 받지, 특급 요금도 되돌려받지. 그런데도 불평을 늘어놓는다면 벌을 받을 것 같은 기분이 든다.

보통 같으면 절대 내릴 리 없는 조그만 역에 내려서 거기 있는 조그만 마을을 아무런 목적 없이 어슬렁어슬렁 걷는 것도 아주 신나는 일이다. 이름은 잊었지만, 한 십오 분쯤 걸으면 이 끝에서 저 끝까지 다 구경할 수 있을 만큼 조그만 동네였다. 우체국이 있고, 서점이 있고, 약국이 있고, 소방서 출장소가 있고, 운동장이 유난히 넓은 초등학교가 있고, 강아지가 고개를 숙이고 지나간다.

태풍이 훑고 지나간 하늘은 한없이 푸르고, 여기저기 물이 고인 웅덩이에는 하얀 구름이 또렷이 비친다. 포도를 전문으로 파는 도매상 비슷한 가게 앞을 지나가려니 싱싱하고 새콤달콤한 포도 향내가 감돈다. 그 가게에서 나는 포도를 한 봉지 샀다. 그리고 필립 K. 딕을 읽으며 한 알도 남기지 않고 다 먹어치웠다. 덕분에 내가 갖고 있는 『화성의 타임슬립』은 군데군데 포도즙으로 얼룩져 있다.

21

8월의 크리스마스

행위 자체는 별문제가 아닌데 막상 하기에는 쑥스러운—세상에는 그런 타입의 작업이 몇 가지 존재한다. 예를 들어 여름 무더위가 한창 기승을 부릴 때 크리스마스캐럴 레코드를 구매하는 행위도 그중 하나다.

레코드 한 장 사는 행위에는 그렇게 중대한 결의가 필요치 않음에도, 그 레코드가 크리스마스캐럴을 담고 있고 지금 계절이 8월이라는 것만으로 내 마음은 늘 '망설임의 바다'(라는 게 달 표면에 있으면 좋겠는데)의 깊고 어두운 심연을 헤맨다. 과연 올해 크리스마스에 나는 캐럴이 듣고 싶어질까? 그리고 크리스마스란 그렇게 의미 있는 날일까? 이러면서 8월 한복판에 크리스마스 및 크리스마스의 주변적 사물에 대한 가치판단에 쫓기는 것은 꽤 괴롭다.

그런 연유로, 나는 지금까지 수많은 희귀 크리스마스 레코드를 살 기회를 놓치고 말았다. 엘라 피츠제럴드의 오래된 크리스마스 레코드도 못 샀고, 케니 버렐도 못 샀다. 어찌된 셈인지 예전부터 나는 여름이 한창일 때 중고 레코드 가게에서 조금 희귀한 크리스마스 레코드와 해후하는 곤경에 처한다. 그러고는 12월이 되면 늘 '그때 사둘 걸 그랬다'며 후회하는 신세가 된다.

그러나 올 겨울에는 절대 후회하는 일이 없을 것이다. 왜냐, 지난 6월에 '이번 여름에야말로 바겐세일 때 크리스마스 레코드를 마음껏 사야지' 하고 결의한 후, 그것을 과감하게 실행에 옮겼기 때문이다. 실제로 8월의 호놀룰루에서 크리스마스 레코드를 열 장이나 사들였다. 어떤 레코드 가게에서는 점원이 내게 "메리 크리스마스" 하고 말해주기도 했다.

내가 여름에 뿌려둔 씨앗은 착실히 성장했고, 이제 슬슬 거리에 크리스마스 분위기가 흐르기 시작했다. 그리고 우리집 레코드 선반에서는 프랭크 시내트라와 패티 페이지와 쳇 앳킨스가 지긋하게 차례를 기다리고 있다.

22

워크맨을 위한 레퀴엠

사 년 동안 죽어라 사용한 워크맨이 요즘 들어 상태가 안 좋아져 큰맘 먹고 새로 사기로 결심했다. 말이 사 년이지, 내 경우 매일 아침 그걸 밴드로 팔에다 꽉 동여매고 조깅을 했을 정도니까 소모도는 보통의 경우보다 훨씬 심할 것이다. 그러니까 정확하게 표현하면 '워크맨'이 아니라 '러닝맨'인 셈이다. 그래도 사 년 동안 한 마디 불평 없이 땀과 비에 젖고 흔들리며, 어떤 때는 콘크리트 위로 곤두박질해가면서도 힘을 내주었다. 기계를 대상으로 하는 절이 있다면 워크맨을 모시고 공양이라도 하고 싶은 마음이다. '무라카미 주행 음악 동사童士'라고 계명戒名도 지어주고 말이다.

오디오 가게에서 산 두번째 신형 워크맨은 첫번째에 비해 훨씬 작고, 무게도 절반에 가깝고, 오토리버스 장치가 달려 있는데다 충전도 할 수 있다. 값도 첫번째 것보다 싸다. 한 기계가 사 년 사이에 이렇게나 진보하다니, 감개무량이라는 표현은 좀 과장스럽지만 정말 감탄스럽다. 적어도 인간(가령 나)이 진보하는 속도에 비하면, 그 빠른 속도에 그저 눈이 휘둥그레질 뿐이다.

하지만 감탄과 동시에 '워크맨'이 과연 그렇게까지 진보해야 할 필요가 있을까란 의문도 생겨난다. 물론 하나의 기계가 값싸고 가볍고 편리해진다는 것 자체에는 전혀 반론을 펼칠 마음이 없다. 그래도 은퇴한 초대 워크맨을 물끄러미 바라보다보면 '딱히 진보 따위 하지 않고 그냥 이대로도 그다지 불편할 건 없지 않았나' 하는 생각이 문득 든다. 그러나 한번 그런 생각을 하면 이 세상에 존재하는 진보의 95퍼센트는 불필요한 게 아닐지 의심하게 되니까, 이런 사고방식은 바람직하지 못할 것이다.

좌우지간 소니 워크맨 WMII여, 편히 잠들라.

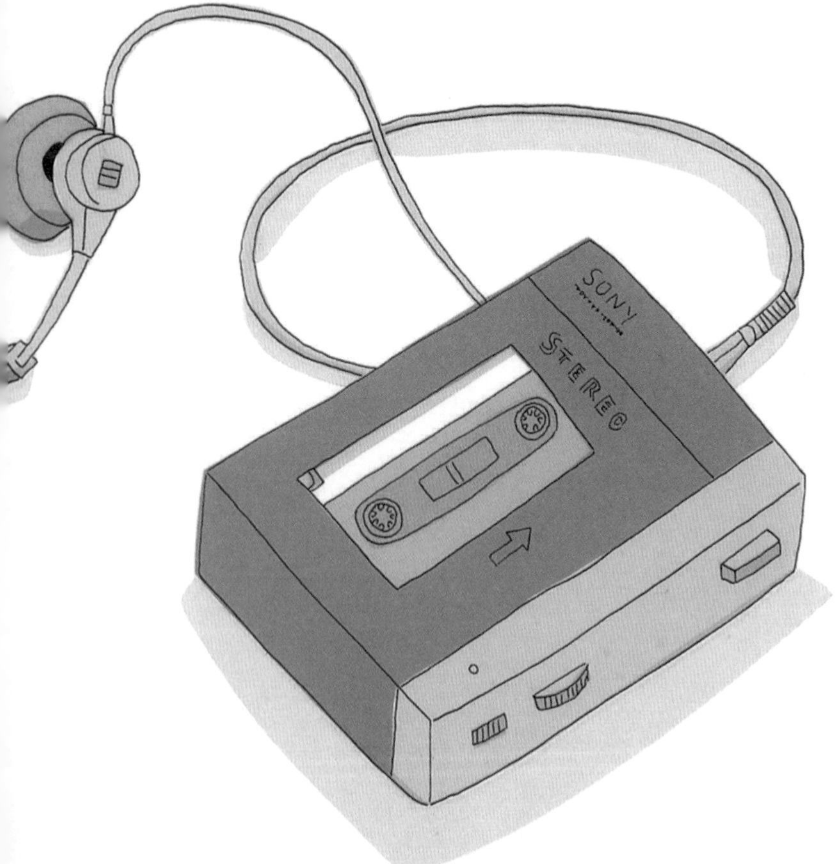
SONY
STEREO

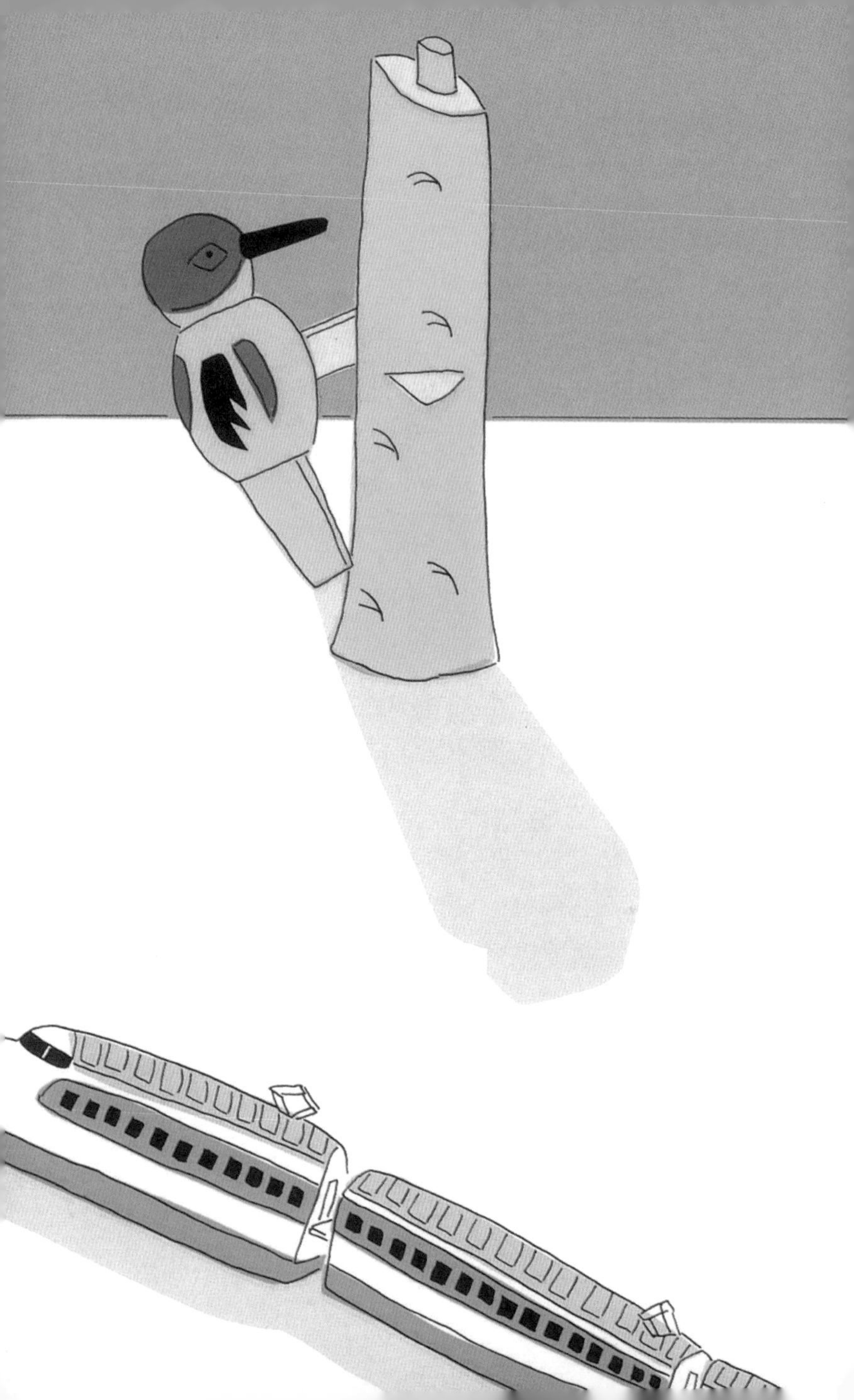

23

'핵겨울' 영화관

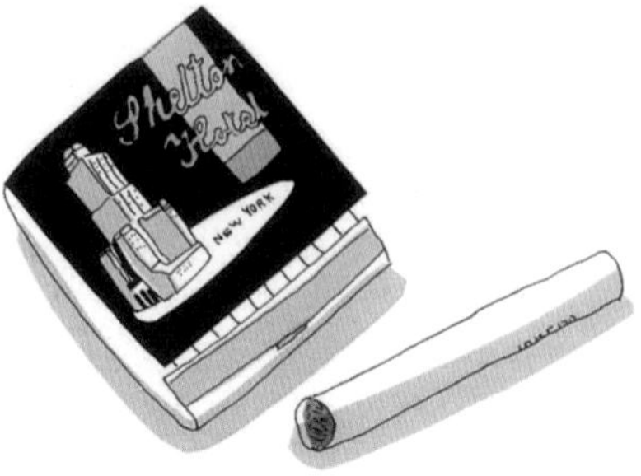

얼마 전 볼일이 있어 교토에 갔다가 시간이 좀 남아서, 이럴 때면 으레 그러듯 눈에 띄는 영화관에 들어가 영화를 보았다. 사실 나는 이렇게 여행지에서 영화를 보는 걸 무척 좋아한다. 도쿄에서는 그다지 열심히 영화관 문턱을 드나들지 않는데, 여행지의 낯선 동네에서는 영화관 간판이 보이면 거의 반사적으로 안으로 들어간다. 왜 그런지는 나도 모르겠다.

교토에서 본 건 〈언더 파이어〉라는 전쟁물이었는데, 첫 회를 본 덕분에 영화가 시작될 때는 객석에 손님이 나 하나뿐이었다. 영화가 시작되고 십 분 정도 지나자 두번째 손님이 들어와 겨우 안심했지만, 영화관에서 홀로 영화를 감상한다는 것은 몹시 불안하고 또 허전한 일이다. 핵전쟁 끝에 홀로 살아남는다면 그뒤로는 지금과 같은 인생이 기다리고 있지 않을까 하는 턱없는 상상을 하기도 한다.

그러고 보니 베를린 동물원 역 근처에서 〈크리스티아네 F〉를 보려고 영화관에 들어갔을 때도 손님이 나 하나뿐이었다. 더구나 그 영화관은 유난히 거대하고 넓고 오래된데다 분위기가 음침해서, 그 휑뎅그렁한 공간에 혼자 동그마니 앉아 있자니 정말 몸이 오그라들 것 같은 기분이 들었다. 게다가 외국의 영화관은 일본과 달리 영화가 시작되는 순간 장내가 완전히 캄캄해지기 때문에, 사방을 돌아본들 나중에 새로 누가 들어왔는지 아닌지 도무지 알 수 없다. '혹시 이 칠흑 같은 어둠 속에 나 혼자만 있는 건 아닐까?' 하는 불안감을 억누르며 〈크리스티아네 F〉를 보고 있자니, 그 어둠과 적막함이 한층 몸을 저몄다.

영화가 끝나 불이 들어온 뒤에 돌아보니, 손님은 전부 네 명인 것으로 판명 났다. 그렇게 우리 네 사람은 '핵겨울'처럼 휑한 베를린의 한 영화관 안에서 서로의 얼굴을 마주했다.

No I-B
TIME
SPECIAL INTRODUCTORY
RATE
SEE INSIDE

LIF

24

지하철 긴자선의 원숭이의 저주

며칠 전 지하철을 탔는데, 바로 건너편 자리에 모녀 사이라는 것을 한눈에 알 수 있는 여자 둘이 앉아 있었다. 둘 다 무릎 위에 같은 백화점의 쇼핑백을 올려놓았고, 얼굴도 쌍둥이처럼 똑같았다.

심심한 차에 '과연 모녀지간이라 얼굴이 많이 닮았군. 저 딸도 나이가 들면 저런 아주머니가 되겠지' 하고 혼자 감탄하고 혼자 납득하며 힐끔힐끔 두 사람을 관찰하고 있었다. 그런데 웬걸, 지하철이 아카사카미쓰케 역에 멈추자 나이 많은 여자가 아무 말 없이 혼자 싹 내리고 말았다. 요컨대 그 둘은 모녀지간이 아니라, 그저 우연히 나란히 앉은 남남이었던 것이다.

나는 이런 착각을 은근히 자주 한다. 판단력에 결함이 있는데

다(아마 결함이 있을 것이다) 상상력이 자꾸 앞서기 때문이다. 그러니까 일단 모녀지간이라는 생각이 들면, 그 두 여자의 실질적인 연관성이 어떻든 상상력이 저 혼자 줄달음치는 것이다. 곤란한 노릇이다.

그럼에도 나는 아직 그 두 여자가 사실은 모녀지간이 아니었을까란 가능성에 미련을 버리지 못하고 있다. 무슨 사연이 있어서, 실은 자신들이 모녀지간이란 걸 당사자들만 모르고 있는 게 아닐까 하는.

가령 그 젊은 딸은 갓난아기일 때—가령 도쿄 올림픽이 열린 해에—숲속에서 거대 원숭이에게 유괴당한 것인지도 모른다. 엄마가 딸기를 따가지고 돌아왔을 때 갓난아기의 모습은 이미 온데간데없고, 조그만 털모자와 원숭이 털만 남아 있었다.

그로부터 이십이 년이 지났다. 딸은 여덟 살 때까지 원숭이의 손에 자랐지만, 그후에는 마을로 나와 촌장의 집에 살면서 아름다운 아가씨로 성장했다. 오늘은 긴자의 마쓰야 백화점에 후추를 담을 스테인리스 용기를 사러 나온 것이었다. 그런데 어머니는 딸이 죽었다고 믿고 있기에, 지하철에서 바로 옆자리에 앉은 그녀가 자기 딸인 줄 알아채지 못한다. 그녀들 위에 내린 거대 원숭이의 저주는 아직도 계속되고 있는 것이다.

ALF

25

랑게르한스섬의 오후

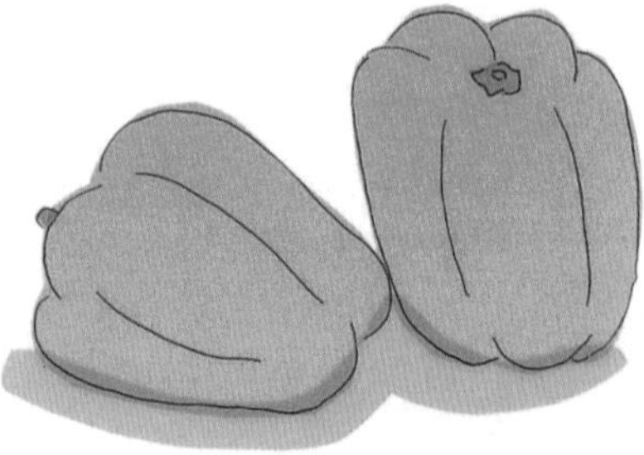

옛날 이야기.

중학교에 들어간 해 봄, 첫 생물 시간에 교과서를 깜박 잊고 안 가져와서 집에 가지러 간 적이 있다. 당시 우리집은 학교에서 걸으면 십오 분 정도 걸리는 거리에 있었으니, 후다닥 뛰어서 다녀오면 수업에 거의 지장 없이 돌아올 수 있었다. 나는 아주 순진한 중학생이어서(옛날 중학생들은 모두 순진했던 것 같지만) 선생님 말씀대로 열심히 뛰어 집으로 가서 교과서를 들고 물 한 잔을 꿀꺽꿀꺽 마시고는, 다시 학교를 향해 뛰었다.

우리집과 학교 사이에는 강이 한 줄기 흐르고 있었다. 그리 깊지는 않아도 맑은 물이 졸졸 흐르는 강이었고, 오래된 돌다리가 정취를 더해주었다. 오토바이도 지나갈 수 없을 만큼 좁은 다리였다. 주변은 공원이고, 협죽도가 울타리처럼 줄지어 우거져 있었다. 다리 한가운데 서서 난간에 기대 남쪽을 바라보니 바다가 햇빛을 받아 반짝반짝 빛났다.

'따끈따끈하다'는 형용사가 딱 어울리는, 마치 마음이 느긋하게 녹아내릴 듯이 기분좋은 봄날 오후였다. 주위를 돌아보니 모든 것이 지표면에서 2, 3센티미터쯤 둥실 떠 있는 것처럼 보였다. 나는 한숨 돌리며 땀을 닦고는 강변의 잔디에 누워 하늘을 올려다보았다. 힘껏 달렸잖아, 오륙 분 쉬다 간다고 별일이야 있으려고, 하면서.

머리 위에서 흰 구름이 꼼짝 않고 한군데에 머물러 있는 듯 보였는데, 눈앞에 손가락을 세워 재보니 조금씩 동쪽으로 이동한다는 것을 알 수 있었다. 머리 밑에 벤 생물 교과서에서도 봄 냄새가 났다. 개구리의 시신경과 저 신비로운 랑게르한스섬*에서도 봄내음이 풍겼다. 눈을 감으니 부드러운 모래톱을 어루만지듯 흘러가는 강물 소리가 들렸다. 봄의 소용돌이에 삼켜진 양 무르익은 4월의 오후에, 또다시 달려서 생물 시간 교실로 돌아간다는 건 있을 수 없는 일이었다. 1961년 봄의 따스한 어둠 속에서, 나는 살며시 손을 뻗어 랑게르한스섬의 물가를 더듬었다.

---

* 췌장 전체에 섬 모양으로 산재하는 내분비샘 조직.

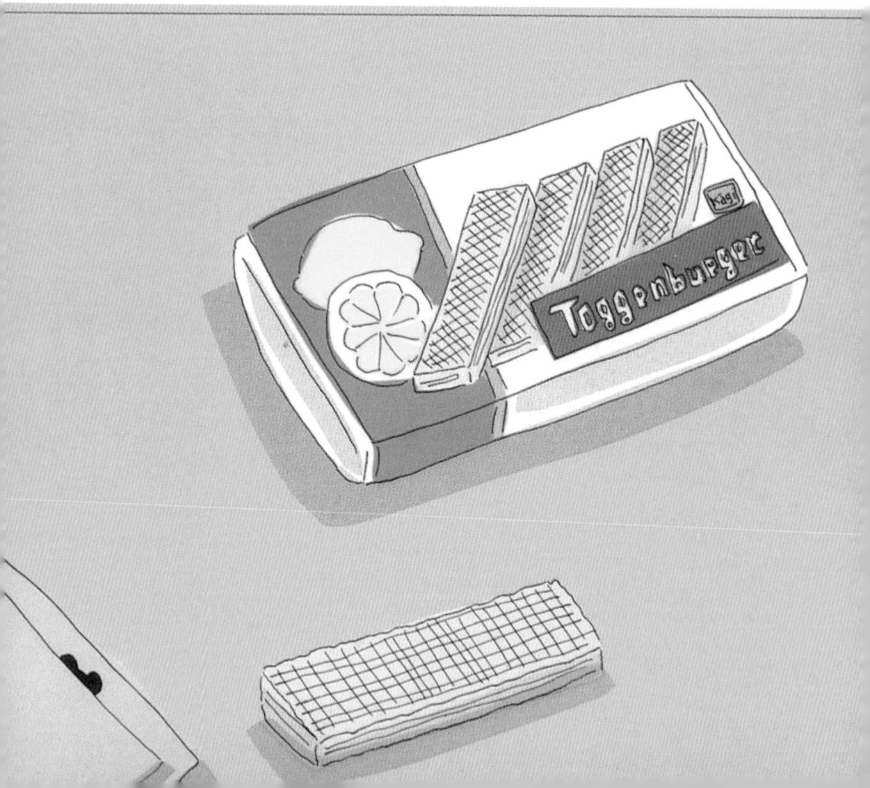
Kägi
Toggenburger

후기

이 책은 1984년 6월, 즉 〈CLASSY〉가 창간된 때부터 이 년 동안 '무라카미 아사히도 화보'란 제목으로 무라카미 하루키 씨와 제가 함께 연재한 글과 그림을 모은 것입니다. 책 제목은 '무라카미 아사히도 화보'에서 무라카미 씨가 이 책을 위해 새로 쓴 글의 제목인 '랑게르한스섬의 오후'로 바뀌었습니다.

무라카미 하루키 씨와는 지금껏 여러 번 일을 함께 했지만, 이번처럼 커다란 삽화를 매달 그린 것은 처음입니다.

이 년이 눈 깜짝할 사이에 지나갔습니다.

안자이 미즈마루

옮긴이 **김난주**
일본문학 전문 번역가. 경희대학교 국문과를 졸업하고 동 대학원을 수료했다. 쇼와여자대학교에서 석사학위를 취득했고 이후 오쓰마여자대학교와 도쿄대학교에서 일본 근대문학을 연구했다. 옮긴 책으로 『냉정과 열정 사이』 『키친』 『창가의 토토』 『TV피플』 『소설가의 각오』 『천 년 동안에』 『겐지 이야기』 등이 있다.

문학동네 세계문학
코끼리 공장의 해피엔드

1판 1쇄 2012년 7월 25일 | 1판 13쇄 2021년 12월 5일
2판 1쇄 2023년 5월 18일 | 2판 2쇄 2023년 9월 25일

지은이 무라카미 하루키 | 옮긴이 김난주
책임편집 박아름 | 편집 황문정 양수현 | 독자모니터 조현준
디자인 윤종윤 강혜림 | 저작권 박지영 형소진 최은진 서연주 오서영
마케팅 정민호 서지화 한민아 이민경 안남영 왕지경 황승현 김혜원 김하연
브랜딩 함유지 함근아 고보미 박민재 김희숙 정승민 배진성
제작 강신은 김동욱 임현식 | 제작처 영신사

펴낸곳 (주)문학동네 | 펴낸이 김소영
출판등록 1993년 10월 22일 제2003-000045호
주소 10881 경기도 파주시 회동길 210
전자우편 editor@munhak.com | 대표전화 031) 955-8888 | 팩스 031) 955-8855
문의전화 031) 955-1927(마케팅) 031) 955-2684(편집)
문학동네카페 http://cafe.naver.com/mhdn
인스타그램 @munhakdongne | 트위터 @munhakdongne
북클럽문학동네 http://bookclubmunhak.com

ISBN 978-89-546-9266-3 04830
978-89-546-9265-6 (세트)

www.munhak.com